# 目 录

执子之手，不就是想白头嘛

寻寻觅觅，愿白首在江南  004
云烟散尽，只是一场绯梦  006
落雪无痕，此情只待追忆  009
千年高愁，听风吟诉相逢  011
帘卷西风，冷雨夜浇愁肠  013
晴风暖阳，那年时光初见  016
素年锦时，许你半世相依  019
共你倾城，春宵犹未觉晓  024
红稀香少，断离情忘白首  028
郎情妾意，终究付与流水  031

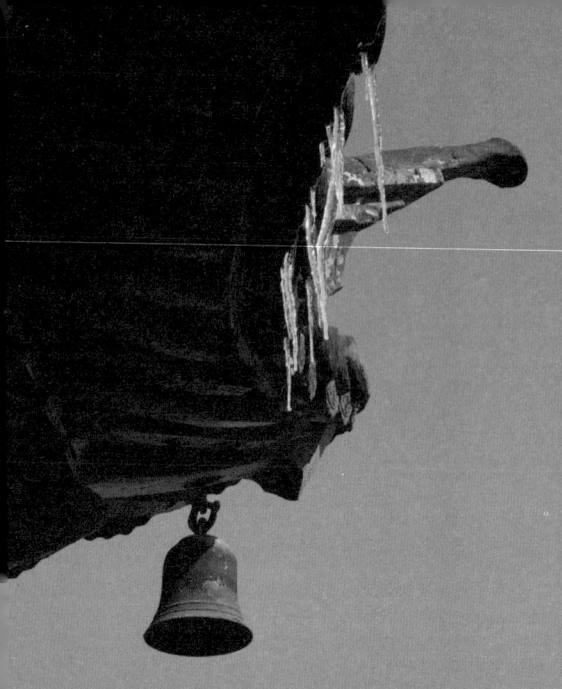

红尘滚滚，借你一盏酒浇愁

泛舟太湖，撩个姑娘入岛　　038
云烟深处，一条船一间屋　　043
蓦然一惊，此地已是春天　　048
荷塘月色，何叹仙子素欢　　051
有风掠过，最美不过少年　　055
宝剑入鞘，回家读书种茶　　059
狗屁江山，唯愿佳人长伴　　062
印象江南，拿去你的乡愁　　066
一间大宅，恍惚前世家园　　070

# 散落一地的温柔

*Gentleness scattered all around*

应志刚 / 作品

当代世界出版社
THE CONTEMPORARY WORLD PRESS

### 图书在版编目（CIP）数据

散落一地的温柔 / 应志刚著. —北京：当代世界出版社，2017.4
 ISBN 978-7-5090-1195-9

Ⅰ.①散… Ⅱ.①应… Ⅲ.①故事—作品集—中国—当代 Ⅳ.①I247.81

中国版本图书馆CIP数据核字（2017）第054270号

| | |
|---|---|
| 书　　名： | 散落一地的温柔 |
| 出版发行： | 当代世界出版社 |
| 地　　址： | 北京市复兴路4号（100860） |
| 网　　址： | http：//www.worldpress.org.cn |
| 编务电话： | （010）83908456 |
| 发行电话： | （010）83908409 |
| | （010）83908455 |
| | （010）83908377 |
| | （010）83908423（邮购） |
| | （010）83908410（传真） |
| 经　　销： | 全国新华书店 |
| 印　　刷： | 北京天宇万达印刷有限公司 |
| 开　　本： | 880毫米×1230毫米　1/32 |
| 印　　张： | 7 |
| 字　　数： | 168千字 |
| 版　　次： | 2017年4月第1版 |
| 印　　次： | 2017年4月第1次 |
| 书　　号： | ISBN 978-7-5090-1195-9 |
| 定　　价： | 39.80元 |

如发现印装质量问题，请与承印厂联系调换。
版权所有，翻印必究；未经许可，不得转载！

## 槛外高歌,请君为我倾耳听

林妹妹也,无奈天妒红颜 074
花气袭人,姑苏一等佳人 076
藕园寻魂,那个娘子走了 081
山塘流年,静守春来秋去 084
教书先生,五年轻慢时光 087
北方的狼,曾经狂野少年 092
闲看浮云,你念经我喝茶 097
一坞茅蓬,刀光剑气惊天 100
山里桥棚,等着故事经过 103
山野江湖,只是你来我往 106
莲落人间,独酌清风明月 110
魂归来兮,笑迎故人依旧 114

## 万水千山,只是去过些地方

烟雨廊桥,十里春色逶迤 120
一等风流,小桥流水人家 126
误闯深山,撞破一涧春色 128
夜游梁溪,行舟惊乱霓虹 131
芦荡探春,沉醉不知归路 134
水袖长舞,隔望千年峥嵘 138
霜降幽林,秋光涤荡菩提 142
天上人间,笑看流云飞瀑 147
阳澄湖畔,觅得春光一盏 149
遍地毓秀,唯此山可望乡 152

## 浮世乱绘，怎好意思装纯情

何妨孟浪，有趣才是人生　158
男人四十，只到立秋罢了　160
关于理想，没有忘记就好　162
红颜珍贵，你怎好意思睡　165
城市难混，挣钱回乡种地　168
初识菖蒲，美物分欲破禅　170
流年浮华，独缺旗袍一袭　173
锦屏记忆，那时烂漫年少　175
指尖青烟，可叹世人俗眼　178
纸鸢竹马，始觉春光醉人　183

## 灯火阑珊，吃饱了肚子再说

夏日未央，少女心可解暑　188
姑苏味道，满盘珍馐逊色　191
参禅悟道，不过一碗素面　195
有间茶馆，一片浓烈江湖　199
正月十三，太湖猛将出巡　202
流年慌乱，忆旧景独怅然　207
招惹乡愁，那块济世年糕　211
一碟咸齑，道尽故土滋味　215

# 旅行的意义

我不是一个纯粹的旅者。我去过的地方不多。

18岁以前,我住在奉化城。多数日子,学校到家两点一线。我最常去的地方,是中山公园,那是一座山,沿着山脊,可以走到祖母生活的那座山村。

我在村里少有玩伴,自小性格孤僻,人们很难理解我脑子里那些乱七八糟的想法。小孩子欺生,我长得弱,又讷言,是最好的捉弄对象。母亲又曾在此任教,以严厉著称,故此不少孩子得了机会,便要在我身上报复一番。

所以我最喜欢看武侠剧,学少林和武当功夫,无奈没有名师指点,终究不等摆开架势,就已倒在山村孩子的野路子面前。功夫没练成,仗剑天涯的豪情,却日久生发。

一种不知从何而来的骄傲告诉我,我的未来在很远很远的地方。我告诉那些孩子,那是你们永远都到不了的地方。

冥冥中的安排,18岁以后,我渐行渐远。而那座山村,那些孩子,渐渐遗忘在我的记忆里。

在北京求学的时候,我有了一场真正意义上的初恋。北京城给我的印象不深。除了学校附近的几条马路,因为约会不得不压,我没去过故宫,没逛过天坛、圆明园,没有一大早赶到天安门广场观看升国旗的经历。

甚至,我都不曾在意过这座城市的季节更迭。同寝室的哥们,兴奋地议论着北京城内的新鲜事,我插不上一句话。我忙着准备出国。

最终,我把初恋遗忘在了北京。至于出国,到底如同做了一场梦。

接着,我到了江苏,进了一家报社,开始了没日没夜为理想和情怀奔忙的日子。几乎在江苏的每座城市待过,短则半年,长则三四年,如浮萍,没有根,没有在一座城市停下来的意思。

突然有一天,稀里糊涂到了苏州。仿佛是遭了雷击一般,我对自己说,就是这里了,留下来吧。说不清什么原因,也许就是宿命吧。在这里,我前世的记忆,溃堤一般涌来,毫无招架之力。

我知道,我目今写下的这些文字,不是我今生的经历,而是前世的回顾。所以,我给你看的这些文字,你找不到我今生生活的影子。而我最后又成为一个小有知名度的旅者,纯粹只是巧合,因为那些我驻足过的地方,恰好勾起了我对前世的回望。

我走不远,我的脚步沉重,今生我就是来还债的,没有风景可看。但我又不是行尸走肉,虽然不曾有过千山万水,但我要告诉你的是,我现在每走过的一步,都将成为我来世的风景。

或许,旅行的意义就是如此吧。

2017 年春于姑苏

执子之手，不就是想白头嘛

壹
◆

> 寻寻觅觅，
> 愿白首在江南

  我在午后的甪直古镇，邂逅入冬前的最后一场秋雨。虽是暮秋，枫叶未红，莲荷未老。

  江南的秋，踏不出湿漉，就像一桩纠缠的情事，道不完的愁绪。乌篷船遮了蓝花布的帘帐，船娘依着万盛米行前的美人靠，望着河埠头发呆。

  这样的雨天，没有人来欣赏她甜糯的吴歌，自己清唱了几句，"江南好风光……湖面倒映美人妆……"

  终究却是一声叹息。

  人人都道江南好，又怎知，没有你的江南，到底只是一座空城。我无处可去，依着廊棚的栏杆，听着雨滴淅沥，漾起的涟漪，一层层，撩拨水草的心事。

  水鸟掠过溪流，慌张了觅食的鱼儿，躲进水中的粉黛，像我心底尘封的爱情，想要掏出来，终究是没有勇气。

  河岸人家，月季开得欢喜，粉得似春装藕衫的少女。雨珠顺着瓦片，滴滴答答，似要凿穿地面的青石板。青苔在缝隙蔓延，屋里的收音机，传来沙沙的声响。

  时光迷醉，突然的，好想你。

  门口的檐下，坐着一对老夫妇。精瘦的阿爹，跷着二郎腿，手里夹着一根烟。抽一口烟，看一眼天气，这时光，恍惚就在烟雾里流淌。

  阿婆忙活着手里的缝补，话也不停，家长里短说完了，又说起了儿媳妇的闲话。

"倷就是多管闲事",阿爹挪了挪身子,竹椅一阵吱呀作响,烟灰落在裤子上,慌乱一阵掸扑。

阿婆找到了说辞,"倷看呐,这般年纪了还是邋里邋遢,这裤子脏了,还不是我老太婆给你来洗?"

阿爹呵呵憨笑,由着阿婆继续唠叨。

上回来的时候,做麦芽糖的小夫妻吵架吵得凶,女人抹着眼泪,收拾了一个包裹作势要走。四邻街坊有劝架的,赶紧推着男人去追,男人脖子一梗,嗓门粗亮,"滚就滚吧,滚出去就别回来了!"

上午却见那日凶神恶煞的男人,打着伞,为河埠头浆洗的小媳妇遮着雨。这雨细密,竟是浇透了男人的肩,于他,却是不觉。

这般的秋色,由不得人从心底泛出暖流,在眼眶里,流连出你的身影。

曾经以为,永远陪你走下去的那个人,会是你的至爱。千帆过尽,才觉晓,人生只是一段相守。

相守一生的,未必是你心心念念的那个人。只要同路就好,只要白首不相离。于是,愁肠的不再是这秋风秋雨,而是,你不在我的身边。

我急切地想要告诉你,此生相伴的人儿,在我老去的时候,唯愿与你,在这江南的风月里,置一处宅院,栽几盆绿植,看春去秋来、花开花落。此般就好。

云烟散尽，
只是一场绯梦

在浙江磐安县横路村，我的发小王旭赟，这个和我一同在奉化大桥中心小学，共度五年时光的小学同学，一直在念叨，"小时候我就住在这样的房子里，我的外婆家就是这样子的。"

我在心里抓狂，你妹，谁小时候不是住在这样的房子里？

很多年前，我的前女友一直对我描述她童年的生活场景，和王同学一样的唠叨，唠叨她家山石堆砌起来的房子，山石堆砌的街道，她和她的弟弟穿梭在甬道相连的每个院落，飞奔下陡峭的木头楼梯，踩在别人家屋顶，捡拾碎瓦去打躺在院落里大黄狗的时光。

她淡淡地说着，我默默听着，偶尔会有一些补充，在北京城富贵的高楼大厦间，我们用这样的方式，来缅怀共同的乡愁。

对于浙江山村里长大的孩子来说，横路村和童年的山村几无区别，无非就是换了个地理位置。而我之所以还能兴致勃勃地和发小一道，愣要踏遍村子的每一个角落，是因为我心底有着期望，在此邂逅早已为人母的前女友。

是的，这是她的故土。所有人家的房子，都用乌黑的山石垒叠起来，有见识的老人说，这是火山喷发后冷却的岩浆石。房子依山而建，地势高的人家要去山脚下串门，要沿着火山石砌起的台阶，一步步下来。

弯弯斜斜又逼仄的台阶，一直延绵到山脚的大路，却很少有人走完台阶，因为实在是费时间，不如直接穿过别人家的房子，借着别人家的楼梯抄近路来的便利。

闲逛的如此,挑担下山的也如此,家家户户的门都不上锁,上下的院子都是通的,坐在半途的台阶上小憩,下面相熟的大黄狗见了,早已经候在墙门外,热情得快要将尾巴摇断。

阳光始终照不到走道的底,各种蕨类和苔藓肆意生长,不知名的爬虫四处游走,蛛网结在檐角,黝黑肥壮的蜘蛛,虎视眈眈地盯着水缸上盘旋的蜻蜓,一朵莲开得正艳。

妇人们总是在忙碌,打扫着院落,或者坐在院门口,做着简易的手工,哺乳的少妇毫不避讳经过的男人,总是在有人夸赞怀里的娃娃长得洋气时,稍有羞涩地把孩子从奶头上挪开,把娃娃的脸朝外示人,以此证明别人所言不虚。

山村的地少,家家户户利用犄角旮旯几辈子积攒起来的浮尘土,种植丝瓜或是贱养的作物,藤蔓依着粗糙的墙石,缠绕住一根根主人家插在墙隙的竹棍子,兀自欢喜地开着黄色的花朵,招惹着有着肥硕屁股的黄蜂。

  上下房子间的过道,有清凉的风吹过,总少不了闲坐的男人,议论着国家大事。他们相互递着烟,坐在主人家端出的小竹椅上,用结着厚厚茶垢的茶缸喝水,有个女人在某个角落里扯着嗓子喊了一声,其中一个男人就懒懒地站起来,循着那个声音走去。

  长得粗野的土狗四处游荡,见了生人也不叫。我拦住一只对我摇尾巴的大黄狗,向它询问我前女友的家,它对我翻了翻白眼,顾自去喝马槽里的雨水。

  我明白,我的痴心挽不回 20 年前的那段爱情,望着脚下一间间屋子升起炊烟,我知道我该走了。没有人会留我吃午饭,我只是过客,如同那些绯色的过往,终究如烟散去。

*落雪无痕，*
*此情只待追忆*

一整天，这天都一直阴着脸，似有谁惹了她又说不出嘴的难堪，让人想关心她的心思，又不得亲近，也就只好跟着闷不作声地等着，等着她自己来寻你说话。

天一黑，她的脸子似乎是罩了一层纱，终究不知道她是消了心事，还是更添了阴郁。却还是要等着她来跟你说话，仿佛今天她不与你搭腔，这一天就要被憋得岔了气。

就这样憋着，几乎是要窒息死在她的闷罐子里，她偏又开了口讲话。一讲话，又倒像是盐罐子倒了，撒了一地的碎屑。

今年的雪下得真是不痛快，像是给这个世界一点打发的模样，到底令人生厌。朋友圈里都在讨论着明天的雪景，我却不敢参与，生怕这快要鼎沸开来的人气，真的会将这仅有的一点恩惠烤化掉。

我还只是想着你，唯有想你，才能让那些旧的雪，从遥远的日子赶回来，瓢泼成触摸不到的欢喜。

你非要坐了年三十的夜班车赶来，劝都劝不住，没有起炉火的出租屋，让人满脑子懊恼天热时扔掉的旧大衣。

"吃呀"，你真是任性，该是编了多大的谎话，骗你的母亲把大盘的过年菜，塞进了行囊。你剥开我最喜欢的虾菇，剔了刺嘴的壳送到我嘴边。我却要假装生气，我是决意要弃了家做个浪子，何苦要你陪我一起，也来受这罪？

"聊斋里都是一个套路，大雪夜，落魄书生坐在破屋里，狐媚女鬼

闯将进来,化作绕指柔,我可要看好你呀!"

又嚷嚷道,"明天我们要早点起来,堆两个雪人,一个叫冬冬,另一个叫瓜瓜。"

你歪着脑袋,笑意盈盈,空气中流淌着暗香阵阵。

"好难听的名字",我实在难以憋住这般的幸福,揽了你入怀。

"给你生两个孩子好不好?就叫冬冬和瓜瓜",你的手摩挲着我的脸。

我笑出声来,却几乎要被这遥想的幸福激出泪来,"我都无法养活自己,你又跟着我受罪,孩子……"

你不许我再说话,冰凉的手指挡住我的嘴唇。我疼惜你的照顾,想着触及不到的未来,不由叹息。

"你可以写一本《冬瓜养成记》啊,你这么有才华,肯定能热卖的",你把脸埋在我的怀里,又突然翻转身来,两只手缠绕我的脖子,把自己吊在我的耳边,"孩子他爹,赶紧睡吧。"

窗外的雪已经停了。我是早就预计到它的吝啬,我的旧梦里大雪还在不停地下,只是这异乡的街头,再也无法触摸你的温度。

假如爱有天意。我相信,这雪,终究还要回来。

千年离愁，
听风吟诉相逢

    我的窗外是太湖。一道幕墙隔离了我与它的温度。这漆黑的夜，我与它相互凝视，它读不懂我的心事，我看不清它的模样。

    一个人的姑苏夜，雾霭深沉，亮着华灯的一座桥，将太湖中心的这座孤岛，拉链一般缝紧了与大陆的交通。这是唯一的出路，仿同我隔着夜空思念你的目光。

    夜太湖已经睡去，四季客栈里的客人，裹着他们各自的梦，也已沉沉睡去。这些依湖而居的民宿若是太湖的枕头，这太湖该收藏有多少的梦？而我，只有你，隔着久远的记忆，温存着我们曾有的爱情。

    喝完最后一杯拿铁，雕刻时光咖啡馆就要打烊。我掏出钥匙，往三楼的房间走去。喜欢这样的感觉，像是回家，我用手指勾着钥匙圈，铃铃啷啷一阵作响。

    走廊尽头有一对情人正在拥吻。多像我送你回家的那些日日夜夜，我不禁脸烧得发烫。

    今天的天色有些阴沉，恍若要下雪的样子。我看见了湖心挂帆的渔船。然后听见你说，何须留恋呢，去做你的剑客仗剑天涯。

    我对着湖面上自己的影子说，那么你呢？你若不在，刀光剑影我为谁征战？

    这里真是一个观看故事的好地方。

    白天，游船码头的客人一拨拨来了又走，吵吵嚷嚷、叽叽喳喳，开心的、忧郁的、伤心的、面无表情的，一张张脸从我面前扫描而过。我们都只是过客。有些人相伴着走过一程，谁也不能预期，在下一个渡口是否会走散。

我问船家，归宿何方？船家无言，默默收帆。那高高的桅杆如同掉光了毛的翅膀。我的爱，你收走了我的翅膀，我扑棱着在尘土里挣扎，渐渐忘却了飞翔。

华灯初上的时候，我望着长长的栈道出神，像极一道刺入湖心的裂痕，耳边回旋着你的幽叹，"怎么可以忘记呢，身体里留存着你太多的东西"。

隔着万千的人群，我与你默默对视。你说："到底是要跟你来一场私奔的。"

天雷勾了地火，何不来此地呢？我们可以忘却了来路，在这岛觅一处有阳光的半坡，懒懒地躺在草丛，我唱歌给你听好不好？我们可以租一辆脚踏车，我载着你在起伏的山路上沿着湖岸穿梭，你紧紧环住我的腰，脸贴在我的后背。

我能感受到你心里的呐喊，但请不要说出口，忘了那该死的束缚好吗？你是我的女人，只是我的女人！我们去湖心泛舟可好？折一支芦笛，波涛静默，唯有欢快的笙歌，只为今世的红颜。

何苦要落泪呢？我不奢望生生世世，此刻就好呀，这一刻的相守，已然给了我一生独步江湖的勇气。我知道，身后一直有你的目光缠绕。

风撕扯着窗台，走廊里的情侣早已禁不住冷，我听见吱呀开门又哐噹关闭的声音。在温暖如春的房间里，这个冬夜，他们有他们的故事。

夜深沉，太湖像一只巨大的魔兽，隐在幽暗里。多好的夜色啊，我把故事讲给这魔兽听，它替我掩盖着一个男人的泪痕。

有些故事只能在这里说。我努力编织着我们故事的最后结局，内心逐渐安详。假装安详，这才是保护我们爱情的唯一方式。我会在太湖等你，等你许我千年的那场私奔。

## 帘卷西风，
## 冷雨夜浇愁肠

年少时，总是对心仪的女孩说。"等我有钱了，一定要给你买一栋面朝大海春暖花开，庭院种满玫瑰的房子。"少年不知愁滋味，而今已是中年汉，痴缠过多少女子，最终与你厮守的，对你没有任何的奢望，和你生活在几十平方米的公寓房里，为你生孩子，煮饭洗衣。

忽然有天愧疚起来，望着卧室外的庭院自责，本该带她过来，这般阔气的房子，也当让她欢喜几日。

这里是江南的秋。青砖黑瓦，白墙高高耸起的宅院，有古老砖雕的门楼，缝隙里长出茁壮的瓦松。秋雨绵绵，像一张密密的蛛网，将悠悠长长的窄巷织在里面，暮色下的华灯节次亮起，迷离而又温暖。

宅院的门楼，两盏大红灯笼喜庆的在夜风中摇曳，有着汉服的女子巧笑倩兮，立于门楼之下，谦恭地微笑。这是我的宅院，今夜，偌大的宅院，一人独眠。

卧房的前面，有宽阔的天井，石桌石凳，沐浴在秋雨里，房间灯蔓延过去，稍显寂寞。没你的夜，无人共酌，听着雨声叮咚从檐廊滴落，想念你和孩子，与我守着一屋的光亮，各自看书的样子。

后院也是寂寥，雨打芭蕉的声音不绝于耳，管家又是极尽可能地踮起脚来走路。此刻，我倒是希望他弄出点声响来。

莲塘里的残荷，挣扎着些许的绿意，几天的雨，将它浇得有些垂头丧气，数不清的锦鲤，无聊地在池塘里转圈。或许是架不住这寂静，它们终究要做出些动静来，啪啦啪啦，甩水的声音，又让人担心，塘

底暗藏着不明的生物。

　　这水榭楼台,一个人太寂寞。人多了也不好,你知道我厌烦闹腾,只要你和孩子,就够了。

　　我在曲廊为你弹一曲如何?这古琴有点失落,好久没人碰了吧,这弦有些生涩。我扮上小生的模样,为你唱一段《人面桃花》。想那年初见,也是"绿柳低垂随风荡漾,纤尘不到似仙乡,小家碧玉貌似花,人面桃花两不差,人面似花巧笔难画,花颜貌美美玉无瑕。"

　　一个人的异乡,有些怅然,好在这宅院,似小时候我生活的宅院,倒像故人重逢。那宅院,我是带你去过的,小池假山、竹翠花红,终究架不住岁月沧桑,雕花窗棂、亭台楼榭,到底少了人气,败给了光阴。

　　我曾说,他年要重整旧宅,与你相守一世,荷锄种田、饮酒作诗。只是这宅院怎般修整,我心里究竟没谱。倒是此刻想起来,若你在,看看这宅院,可遂你心?

　　秋雨夜,拥锦被卧听人间寂寞。震泽古镇水岸边,寒舍清冷,雨未歇。此生相许一人,生死亦相随。我的爱,我是想你想得紧。

晴风暖阳，
那年时光初见


　　知了还没醒来的初夏，垂柳在河岸静静地打着瞌睡。午后的阳光还不是那么的炙烈，虽然已经进入夏令时的作息，总不是午睡的时节。办公室里静谧无声，所有人都趴着办公桌假寐，心里却各怀着心事。
　　上午的劳累，令人说一句话都感到厌倦。谁也不敢出声，怕招来别人的嫌恶，身体懒懒的，连思考都觉得费力气。这样无聊的时间，不如去胥口，打发一个时光轻慢的午后。

文化馆的影院里，播放着老旧的电影，观众三三两两。挑一个角落坐着，或者半偎座椅上。银幕上那些简直能背出台词的剧目，总是令人怀想少年的时光。

我们当然没有老去。夜幕下的广场，街舞的大爷大妈都有个小蛮腰，我们又怎敢提个老字？只是有些热泪盈眶，那些年我们曾经追过的女孩，她们此刻是否也如我这般，把情绪埋入这忽明忽暗的光线里？

二楼的阅览室，阳光从窗户飘进来，一轮轮蒸腾如雾霭般，将书桌的影子长长地拖在地上。

初恋的时候，我们都很矜持，隔着书桌感受着彼此的目光。羞涩，但终究架不住接触的渴望。

飞快写了纸条，夹入书页，往那排书架走去。假装不经意地回眸，你看着我的背影发愣，此刻却像是受了惊吓，匆乱地低下头去。

你满脸绯红地站起来，左右看了又看，终于也向书架走来。"这本书不错"，我说，如同地下党接头，压低了音调。你点点头，飞快似要抢夺一般，迅速抓了书，掉转身冲向座位。短短的两三米路，你却像参加了一场短跑比赛。

时光何须这般匆乱？

下山村老巷子里的人家，已经是蔷薇满园。大黄狗躲在老槐树的浓荫里，慵懒地睁了睁眼，又漫不经心地晃了几下尾巴。

一片柳絮从眼前飞过，巷子里传来叮叮咚咚的打铁声。一膛艳丽的炉火，精瘦的汉子，铁锤溅起满堂铁花。

儿时削铅笔的小刀，是央求开铁匠铺的亲戚打的，锋利的小刀，刀柄上缠着细密的棉绳，常常作为情窦初开的礼物。只是想问问，那把割断一把青丝赠予的小刀，你还保留着吗？仿同我在时光深处想起你当年的模样，温暖地微笑着。

山脚下的村庄，小河蜿蜒，绿蔓缠绕着古旧的石桥。总是担心，桥缝里会突然钻出不知名的爬虫来。河水涨起的夏季，那种布满红色花瘢的水蛇，纠缠进桥墩处的水草。

虽然是浑身起了鸡皮疙瘩，却要在惊叫中不断跺脚的你面前，充当一回男子汉，找了竹棍，将那可怜的小蛇赶入洪涛。你说："会不会是蛇精啊？它会不会来找你报仇？"

我心里也是惶惶，却扭头指着院门外藤编的照妖镜，壮怀激烈，"区区小妖奈我何？"

坐在上塘街的河栏上，一杯十块钱的雪糕，刺激着牙齿不停地哆嗦。看着临河人家的棉花铺子，一把犹如弓弦的弹花架，穿梭在一蓬蓬棉花中间，发出单调的咚咚声。

这不禁让我怀想那年的酷夏，午后的校门口，那个手里抓着白糖冰棍直到融化的少年。你站在一群女生中间，踌躇得不知如何是好。

上课铃声骤然响起。那摊融落在脚下的甜蜜，百十双脚踩过，干涸成模糊的印记。时光总是匆匆。一个时光轻慢的午后悄然流过。

离开的时候，望了一眼对岸的胥王庙，它已经在胥江边伫立了千年。我和你约在胥王庙里相会，你却迟迟不来的年纪，我们都不曾听见这江水悲凉的倾诉。

我们，只盼望，粽叶飘香的日子快些到来，偷偷分享各家姆妈的手艺。俨然，吃了你家的粽子，半个身子已经跨入你家的门，此生便不再分离。

哦，快到端午节了。有空的时候，来胥口拜谒一下胥王吧。讲真，胥王爷有求必应，挺灵的。或者，我们还会相逢，在这里，共度一个小时光。

素年锦时,
　许你半世相依

　　人到中年,偶尔会有归隐的遐想。我并非是个耐得住寂寞的人,结庐深山做个清修之士,怕是熬不住。但又非喜爱热闹之人,隐于繁市,自然也不适合我。

　　"何不来苏州?"一口甜糯的音调,从江南软妹习娟的红唇皓齿间流出。

　　真真是一语道破梦中人。

　　有山有水有风情,正是最惊艳的江南。城郭浸润在这一春的烟雨中,花瓣不胜凉风般娇羞地洒落,耳畔传来寒山寺隐隐的钟声,这不正是魂牵梦萦的故乡?

　　起看落雨天花,卧听暮鼓晨钟,即便不能雅了整个世界,至少也撩动了心弦,更何况雨雾中那撑着油纸伞从深巷婀娜走来的丁香姑娘。

　　不来苏州何处觅归宿?摊开地图,手指轻游,如同帝王巡阅自己的江山。"此地甚好!"话音一落,习姑娘便大叹"善哉!"

　　此地正是乾隆帝六下江南跸驻之地——木渎。倒非我得了乾隆的魂魄附体,也非我偷了阴阳先生的法眼,真真是因为此地山水俱全,更兼有园林古街,奇妙的是,此地又为苏州城区,实在满足了我对归隐之所的挑剔。

　　已经来不及投身而去,心念早就翩翩。

　　清晨,推开窗户眺望山峦,任凭山野的清风拂面,涤荡去长夜的慵懒。洗漱之后下楼,在街巷中闻香而行,舀上一碗豆腐浆,两个大饼夹一根油条,饱食一顿道道地地江南人的早餐。

天光已经大亮,阳光浮现之前,伴着薄雾轻踏一路的卵石台阶,听禅音袅袅信步灵岩山巅。此刻最妙,正是旭日掀开云团乍醒之时,红光金灿灿的惊醒了大地。风止了,鸟雀唧唧啾啾在松林间跳跃、欢歌。

花一元钱买了门票,入得灵岩寺,可以在此礼佛,或是闲游阊间旧城,隔着千年的时空,与子胥、孙武汹涌心中的雄兵万千;伴着悠然的钟声,与吴王夫差击节一世枭雄的悲歌;入定的木鱼阵阵,嗟叹着千古美人西施的浮世迟暮……

中午必然是一碗素斋面,油润过的香菇,仿佛风霜磨砺的人生,浇入这纯白如纸的面中,红尘的虚幻便在这一碗面中有了交代。带着午后的慵淡,裹了一身林间的香氛如醉般下了山,山脚便是这积淀了江南千古风情的古镇、古街。

虹饮山房、严家花园、古松园、榜眼府第,节次排开的古典园林,你可以选择进或是不进。进去,是一场场拂面而来页面发黄的浮华记忆;不进,不妨碍你一袭汉服悠然而行,街是风情,你是风景。

街上有卖唱的女孩演绎着现代的歌曲,春去秋来,一季又一季的杏叶枯了又黄,落入当年美人梳妆遗落尘间的香溪。

若,腻味了这般与古人纠缠的情愫,或者,你可以选择走一趟天平山,你可以忽略范仲淹老先生指点江山的豪迈,不去纠结先天下之忧而忧的旷古情怀,自去寻了茶座坐下,点上一杯清润的碧螺春,看云卷云舒四季轮转,即便轻慢了时光,却炫目了人间千载的山水。

或者,你能卷起裤脚,挽着袖管,翻几页书卷,做一回浪荡的书生,管他娘是风是雨,人来人往穿梭而过。也许,我会趁这天光仍在,越过山巅,择羊肠小道而行,从天池山背一壶山泉或是采一捧浆果回家。

归途小憩的时候,就着余晖望着浩渺的太湖静静地发一阵呆。生命如此奇妙,何妨我呆萌成山间的一块岩石?

就着山泉冲泡的绿茶,在春的旖旎蒸腾中,拌上一碗浆果沙拉,就这样轻啜着日光从窗台慢慢隐退。夜幕降临,窗外银河爆炸般的霓虹闪烁,我愿独守着窗内的一份宁静,管他外面的世界浮浮沉沉。

"你都让我醉了!"习娟姑娘轻叹了一口气,幽幽道,"如此,你便定了吧。"

若是……姑娘,若来木渎,许你半世相依!

散落一地的温柔

## 共你倾城，
## 春宵犹未觉晓

每个男人的心中都有一座城池，这城池里必有佳人，这佳人必定一见倾心、再见倾城。

### 壹·春

前世的五百次回眸，换你我今世擦肩而过。

杨柳岸、江南雨，相思如风。擎一把油纸伞，娉婷而来，虎丘塔下莲塘畔，你一袭白衣惊艳了我的世界。

这痴迷了眼、疯魔了心，人间春色怎换得你低眉浅笑摄去我的魂魄。

若是缘分不够，擦身的瞬间，你何以脸颊沾染了胭脂，轻抬眼再回眸？若有缘，你怎不知情郎愁断肠，步步回望却不曾见你遗落香帕丢了花伞？

曲径幽长，我在踌躇，若要追去，怕他人笑我太痴狂；若再惆怅，辜负了这春光，莫非真要等到白了头、空悲切？

衣角沾染了你的香氛，这是你许我的信物吗？只是我，我，哎……

心与魂灵随了你去吧。这躯体还陷落在忧伤里，像一座岛，嫩绿的蔓草纠缠了双脚，在海涛里浮浮沉沉。

## 贰·夏

这城已是迷城。残阳泣血,阳澄湖上风波起,任自流,何处觅舟楫?

船歌幽幽,一只湖笛平了风浪,蓝头帕、青衫衣,谁家姑娘水上泛扁舟?"阿姊、阿姊,有人偷看你哎",笛声停,愁煞痴心郎,怎知我寻寻觅觅跑断腿,你这一声喊,惊了我的心上人,怎收场?

那姑娘收了桨,声儿幽幽入肝肠,"客人哎,莫非误了渡船?"莲花岛、美人腿,风光再好怎抵得我这姑娘一声唤,唤醒了魂魄,驱散了愁云。

"客人坐好,待我采完红菱送你上岸。"入水桨声如歌,美人如画,红霞晕染了湖光。

菱角儿尖尖三个角,黄口小儿你太碍眼,左看看右望望,"阿姊阿姊,这位哥哥偷着看你红了脸。"四眼相望着了火,郎有情妹有意,就等妹妹说一句,"好哥哥,待上了岸,将你心事告知我爹娘"。

痴心妄想的大尾巴狼,你身为男儿难开口,叫人姑娘怎么讲?怎般是好?怎般是好?千言万语压在心头如何对你说?

莫道百年修得同船渡,到了岸终须话离别,更别提门口守着一条大狼狗,彪悍阿爹腰膀圆。

"客人慢走",姑娘指了路,一声叮咛,低首细步跑进了屋。

"谢谢姑娘!"

哎,这热煞人的夏!

## 叁·秋

这城是围城,你在城内,我无路可走。

约了你廊桥相会。这揣着心事的脚步,在这荷塘月色徘徊、徘徊。月是满月,秋虫呢喃着情话,荷香阵阵,这莲蓬该采了吧?

取一粒莲子,剥了壳,挑出莲芯入嘴,这苦已算不得苦,若说苦,怎比得我千年求佛的苦熬。这莲子是一季又一季的相思,我已经思念了你一千年。

今夜,月满西楼,我要向这天、这地,宣告我的情话!夜凉如水,你受不了冷的一颤。

怎堪你闭月羞花的容颜辜负了这良辰美景,我不愿悲叹奈何天,作势抱住了你给你温暖。我吻了你。你吓了一跳,轻轻推开我。

"你的唇是甜的。"我说。

你望着我,轻叹,"冤家,你让我等得心痛!"

一见倾心、再见倾城,若没有你,这城便是空城!

"我要你为我披上嫁衣。"

这城池就是你的衣柜,你就是我的城池,就是我娇艳如画的江山!

## 肆·冬

春看桃花夏赏荷，秋披嫁衣喜团圆，月落乌啼霜满天，醉卧炉前君莫笑。

持螯把盏，一杯老酒入肚，我胡诌了打油诗读你听。

你望着我，手里捧着一本书，笑盈盈。

廊檐下雨声已经不再叮咚，院里的水缸结了冰霜，初雪正在铺满庭院。

这城池只剩你和我。

亲爱的，我已经没有什么可以畏惧，就在这座城池，陪着你慢慢老去……

红稀香少,
断离情忘白首

亲爱的L:

今天开始,我不再想你。

早上,我坐在河岸看书,风肃杀得紧,听见一片树叶坠落,皱了一池秋水。曾以为人生只见春与夏,奈何秋风催,人已到中年。陪我走过春季的你,我未曾有过老去的想象。

未名湖畔,你的白裙拂过春柳,满园的蔷薇是你的羞涩。我曾感恩上天的造化,这粉雕玉琢的妙人儿,在泥泞的雨季,带给我阳光般的温暖。

我的记忆里,没有你的秋天。甚至于你转身的那刻,白雪飘落,已是初春。

这么多年,我依旧不敢重返那片伊甸园。友人邀我去北京小住,踌躇再三,连连叹息,罢了,眼下已是深秋,受不得这悲凉。

铜铃花凋零的时节,你总是骗我说,会有一个人,代替你来爱我。你终究是不肯陪我走过秋天。

那年的秋,梧桐叶迟迟不肯老去,似乎吊着一口气,希望把你留下。你决然远行的那一天,一座城响着哀乐,风吹檐铃,雨打芭蕉,心魔狂乱。究竟是谁怂恿你,那么胆小的家伙,竟敢骗走我的春夏,再不归还?

今天,浑身无力,竟是感冒的症状。陪伴我的,只有那只叫作旺财,马路上跟我回家的草狗。它忧心忡忡地看着我,不离左右。

你跷了课来看我,皱着眉埋怨,"小东西,怎么这么不小心?"

你执意要把我带走,男生宿舍狼狈得就像狗窝,我需要新鲜空气,而这里,除了汗味,还有臭脚丫的味道。你把我藏在你的蚊帐里,躲过宿舍里的女孩为我煮鸡汤。

　　终于没能憋住尿急,你拉着我在深夜翻墙头,狂奔在学院路空旷的夜色里。天,你是这般的胆大,假装看不见旅馆服务员异样的眼神,在那间逼仄的房间里,把一个女孩的春天,盛放进一个忧郁男孩的世界。

　　那年深秋,我收到你最后一封写给我的信。你还是那样蛮不讲理,不管我是否愿意,你终究还是要说,"总有一个女孩,会代替我来爱你。"

　　15年,我一直不愿告诉自己,你已经离去。

　　静谧的夜,楼道里有高跟鞋踩踏的声音,越来越近,我期颐下一刻,你旋动门锁,轻盈的身体扑向我焦灼的怀抱。我总是把房间收拾了再搞乱,你生气的时候,喜欢整理房间,你不会允许自己扔下乱糟糟的

房间离开。

现在,我的房间一片凌乱。只是你已不返。

晚上的时候,当年的死党劝我去参加同学会,这 15 年,我一直不敢露面,那些熟悉的面孔会让我疯狂地想念你。

"她就算是个天使,也早该飞入轮回",死党说,"来吧,你终究还要走下去。"

儿子来找我聊天,我问起他早几年一起玩的小丫头,"你现在怎么不找她玩了?你不是要她当你老婆的吗?"

"那又不是爱情",儿子一本正经。

呵,我竟是笑了。儿子都已经长大,我的妻子也正伴着我一天天老去,这秋与冬陪着我走下去的,也就是最亲的这两个人儿了。

想起中秋那天,我开了一瓶珍藏多年的红酒,与妻把酒听雨,偶得几句打油诗,"谁与我把酒东篱,且行且停,管他娘风起云涌,花落了满地。"

秋已至,叶落满园,该忘却的也该忘却了。

## 郎情妾意，
## 终究付与流水

我是一个有心事的人。藏在心里，不跟人说，只在半夜跳将出来，自己找自己理论。像是魔鬼，整夜整夜地折腾我不能入睡。

25岁以前，我是不会失眠的。刚到社会打拼的那些年，有时穷得两天吃不上一顿饭，到了晚上照样倒头就睡。

25岁那年，同居3年的女友走了。到了晚上，我躺在床上，想着她或许会来敲门，她的一些衣服、相片还留在我这里。半夜，楼道里响起下夜班人的脚步，蹬蹬蹬蹬，高跟鞋踩踏楼板的声音，又忍不住盼，是不是她回来了。盼了半年，她终究再没回来，而我已经习惯，习惯整夜整夜的睡不着。

为一个女人而失眠，自古非我一人。但因失眠而伟大于世间的，怕只有唐朝诗人张继了。

> 月落乌啼霜满天，江枫渔火对愁眠。
> 姑苏城外寒山寺，夜半钟声到客船。

这首《枫桥夜泊》就是张继写的，那一夜，他也正好失眠。

这首诗，我就记住了一个"愁"字。秋心二字，有渐入枯凉之意，可喻作红颜老去，也可隐喻身负才华无人识的嗟叹。男人的愁，无非功名利禄与红颜，有时这两样东西，都如水中月镜中花。张继的愁，把男人的心事都囊括进去了。

唐天宝十一年，杨国忠当了宰相。为收买人心，他上奏唐玄宗要求"广纳贤士"。

满腔报国热血的张继,自然跃跃欲试。曾立誓,"书成休逐客,赋罢遂为郎。贫贱非吾事,西游当自强。"已经当上举人的张继,此番进京赶考,志在必得。

金榜题名时洞房花烛夜,这是张继早就筹划好的目标。他的初恋情人,富家大小姐王晓薇,为了要嫁给他,撕毁了一张指腹为婚的婚约。

这是一个刚烈的女子。在那样一个讲究门第,信奉"父母之命,媒妁之言"的时代,王晓薇的举动足以令天下红颜尽失色。而我更要钦佩的,是那个"家门不幸"出了"忤逆女"的王家,没有逼着女儿竖起贞节牌坊,反倒宽容到只有一个条件,"改嫁张继可以,但张继必须中进士。"

无奈时运不济,张继名落孙山。长安的繁华,掩不住他内心的落寞与绝望。

古代的中国文人,一旦失意,无不是寄托于山水之色。无颜见爹娘,更愧对红颜的张继,随波逐流,一路风尘流落到了姑苏。

我无法想象张继当时内心的困苦，在千年前的姑苏城外，在那个被称为枫桥的泊点，这秋意泼染上他的心，是何等的惆怅。但我能够明白一个男人，无法将心爱的女子揽在怀中温存，内心的那种失落与空荡。这注定是一场千年孤独的失眠。

命运捉弄人，次年，天宝十二年，张继进士及第。

一次春夏秋冬的轮回，心爱的女子却已经等不得他衣锦还乡的日子。天知道三百多个日日夜夜的翘首，对于千年前的一个女子，是怎样的煎熬。她，最终还是嫁给了那个指腹为婚的男人。

这无论对于张继，还是对于王晓薇，都是一场命运的玩笑。悲情电视剧里常有一句台词，"这都是命！"我相信，张继和王晓薇，各自都曾在心里，轻叹了这么一句。

千年之后，我来到枫桥，倒并非是为了缅怀张继的那场伟大的失眠。有朋友，名叫老猫，在枫桥景区工作。老猫非公，才情非凡，有趣女子一枚。女子有趣便可引为红颜，故而颇有交流。

曾谈到姑苏美食，莫过于旧时人家小妾做的私房菜。小妾难当。聪明的小妾善谋，要得老爷宠爱，必得先抓住老爷的胃。于是百般琢磨食材，终于集体修炼成中国菜系未曾收录的"黑暗系"——姨娘菜。

曾与老猫谋划，在枫桥景区开一家姑苏姨娘菜馆，约定古色古香庭院内，侍者与食客均需着古装，进食礼节依照古训，不可逾越。我和老猫的意思，现在人生活感觉百般无趣，关键是少了生活的仪式感，而我们预计的"折腾"，就是为了强化这种仪式感。

我们都非商人，自然不晓客人如此这般劳烦之后，会不会把我们的店给砸了。只是自顾自地兴奋，口水湿了枫桥，却至今未有行动。

话又说回来,张继和王美女的爱情悲剧,在于张继不懂得生活需要的仪式感,如果在他落败之后当即回乡,向王美女表露自己雄心未泯的壮志,这般刚烈的女子,不定还会死扛一年。关键是,张继选择了逃避。

其实,用逃避的手段来辜负一颗美人心的,不是不解风月,就是个读书读傻了的书呆子。一个书呆子,如何解得美人柔情千万缕?如同我,在贫寒不能给自己一间躲避风雨之所,却又充满莫名骄傲的25岁,同样不懂生活的仪式。

她悲凉转身的那刻,并非我的贫寒,而因我的无趣。对于她的离去,我悲情于自己的"被抛弃",而不是追上去将她揽入怀中的温存。

张继那场1000多年前的失眠,与我6000多个的不眠之夜,无非都是对一场爱情的祭奠。而这样的祭奠,就因为缺少仪式感,错过了本该得到的一颗心,却意外收获了本不该拥有的失眠。

所谓伟大的失眠、渺小的失眠,都是因为女人,都是因为自己的懦弱,也就是这么点出息。因此,张继与我,同样都是屁一样的男人。

红尘滚滚,借你一盏酒浇愁

贰

泛舟太湖，
撩个姑娘入岛

醒来的时候，天已泛出青光。青翠的水草和芦叶在薄雾中摇曳，太湖的水依旧平静，湖面笼罩着一层水汽，似稀释的牛奶，慢慢晕染开来。

这样的景致，让人忘却已是初夏，水墨一般的色调，令依水而居的我望着不远处的青苇发怔，默默吟诵：蒹葭苍苍，白露为霜，所谓伊人，在水一方……

我是一个悲情的人，前世的印记，总让我在今世不得安宁。这样的清晨，我竟也要落泪。为谁？天知道！

按照昨晚约定的时间，管家准时送来了早餐。菱湖水居的客房外都有一座水台，可坐下来喝茶、发呆，我把早餐移到外面，等着日出。无奈天公不作美，这天阴沉沉的，始终没有等来金光跃出湖面的那一刻。

闲坐一会儿，感觉不耐烦，赶紧洗漱准备出门。走出客栈，门外，管家正在那里赏荷，小娘子一脸娇俏，细声问，"客人这是要出门吗？要不要招呼导游过来？"

我摆摆手，我可最烦导游了，唠唠叨叨还要在心里帮着纠正讲解的错误，况且并非心性相投之人，携游究竟累赘。胡乱走走，想起这太湖岛屿众多，旧时多有占岛为王的湖匪，一颗独步江湖的心忍不住要去久仰一番。无奈何，菱湖游船中心尚未开门，港湾里，游轮静静地泊在码头。

在苏州园内东游西逛，进到天后宫，忽然灵光一现，有个相识的妹子就住在太湖的东山岛上，若要游历诸岛，有她相陪，一可省下导游聒噪，二来也可请她寻艘渔船载渡，岂不妙哉。

太湖上生活的人心地善良淳朴，联系了妹子一口答应，不一时就约定了见面的码头，一同登岛。"怕有风浪，大叔只肯带我们去最近的小岛。"妹子迎了我上船，指着给他发烟打招呼也只顾憨笑的大叔说。

又笑道，"那座岛我也不曾去过，也算借你的光去旅游一趟了。"

船是打鱼的机帆船，大叔执意要我穿上救生衣，还不许站在船头耍酷，只得挨着妹子老实坐在船舱里。

半个小时的行程，远远就望到了今天要去的那座岛，真的靠岸，却又是半个小时以后。

岛上的住户不多，二三十户人家，多为妇孺孩童，壮年男子大都外出务工。靠近码头的村口，带孩子的老人坐在青石凳上，见到我们，不觉诧异，反倒有些慌张无措的神情。

"很少有外人上岛来。"妹子说，太湖岛上的原住民都很淳朴，玩得渴了到谁家都能讨到水喝，如果家里有新摘的果子，也会拿出来，就像招待家里亲戚一般。

岛上小径崎岖，布满厚厚的苔痕，想必少有人行走。小径的一侧是太湖，另一侧的地里栽满了果树，青杏和桃子挂在枝头，招摇着跑到小径的中央。

忍不住还是摘了一个杏子,在衣袖上擦了擦,放嘴里咀嚼,一股酸酸甜甜的味道溢满口腔。吃完了才想起问妹子,"会不会打了农药?"

一旁的大叔笑道,"不碍事,这两天雨水多,打了药水也留不住。"

岛上多茶树,春茶采收过后,新枝已被剪除,但依然生机勃发,冒出不少的新芽来。一路采摘了不少,准备带回去自己炒制烹茶。正摘着,一位荷锄的大汉迎面走来。心头一惊,该不会是他家的茶园,我等这般放肆,他会不会放狗将我逐出岛去?

等他走近,只是看了我一眼,眼神纯净毫无一丝恶意,这又放下心来,继续做一只勤劳的蝗虫。

"哎",大汉回过头来,对我招呼。

坏了,我这胆儿太肥,终于惹恼人了,心下思量,赶紧掏点钱消灾吧。却听他说:"季节过了,这茶没味道的,带回去也是扔掉,明年春天来采好了。"

后来听随行的妹子说,在太湖的岛上,上来玩的游客采点茶带回去,只要不把茶树糟蹋了,原住民是不会来阻止的。

一路走去,拐角处都有一块石碑,上书土地神三字。一路不大说话的大叔介绍,岛上的人靠天吃饭,对鬼神都是很敬畏的。果不其然,这个在太湖众岛屿中实属小字辈的小岛,竟也有庙宇,只不过规模简陋了一些。

岛中央建了不少房子,都是石块垒叠起来的,络石藤爬满了房子,几乎不见人影,恍若遗世的荒岛。斗胆进入民居,一处处植满花草和葡萄的庭院,却在提示着现世的安宁。

小岛的尽头有一株百年榉树,粗壮得要几个人才能合抱。底部三个树洞,钻得进三五孩童,蚂蚁和各类爬虫在此生息。两三村妇看守着孩子,坐在屋外的石阶上,眼神里透着安详。孩子们也不皮,专心拨弄着地上的爬虫,或是好奇地打量我这个外星球的来客。码头边硕大的石臼注满了雨水,已经泛出绿藻的光泽,一只石龟望向太湖,碧波微漾。

返程一路无语,因为这般的安宁,终将随着我回到陆地的一刻,化为乌有。禁不住要悲伤起来。

回到菱湖水居,管家问起上午的行程,我颇带自豪地跟她讲了一番游岛经历,她竟慌张起来,语速急促道,"客人万不可这样,以后再去湖里,一定要坐安全有保障的游轮。"

瞧她因我而娇嗔的模样,不禁莞尔,这姑娘,该当拐回家去当娘子。

## 云烟深处，
## 一条船一间屋

面朝太湖，推开船屋的栅门，清风徐来。午后的时光轻慢，太阳从头顶缓缓向下，画了一道弧线，直至在地平线的25度角，稍作停留。阳光炸裂了一般，密密麻麻的碎金抛向湖面，这波光热烈地舞蹈着，似乎着了魔力，咻地将你一把吸了进去。

鱼儿跃出水面，水珠子飞溅，似那乐符，一阵铿锵。白鹭齐鸣，追逐在杜鹃泣血的残阳里，锦瑟了天地。是什么鬼？从天际踏浪而来？近了，近了，却是那欢欣的野鸭。忽闻芦丛一曲船歌悠扬，青翠芦苇分两边，是那船娘轻摇一叶扁舟来。船桨打碎了波光。蓝衣布衫的阿姐，何事这般欢喜？

"客人好惬意！"娇俏阿姐停了桨，轻笑道，"今朝打了几网虾，带回家去做夜饭！老公老婆吃上一杯酒，日脚快活似神仙！"

摇橹船，左右摆，好似阿姐俏身段，"阿姐、阿姐，唱支歌子来听听撒！"

太湖美呀太湖美，水上有白帆哪，水下有红菱，水边芦苇青，水底鱼虾肥……

门板敲得笃笃响，惊吓了辰光。太湖的夜，像一幅五彩的沙画，被一只大手抹去，混沌了天地。"伙房已经备好了酒菜，客人该用晚餐了"，青衣罗衫的管家小妹，糯糯的一声唤，像极好脾气的家中娘子，满眼绕指柔，牵了你的脚步，满心的踏实。

太湖白虾、白鱼、莼菜汤，一杯老酒已斟满。玻璃房子，天地静默，

虽是初夏,何故竟会悲秋风?月牙儿悬挂天际,远山朦胧,渔火点点,把酒问青天,唯愿此时,年年岁岁可否?

踩着微醺的脚步,趟过那片芦苇滩,如风拂过麦浪,苇叶低垂令人娇怜。月色下的船屋,在太湖的澜波里起伏,如同初恋的少女,羞涩慌乱了脚步。走过一座小桥,檐廊的马灯,晕黄的光线,蓑衣斗笠和鱼篓,静静等待归家的汉子。

沏一壶茶,垂钓一湖江南风月。

人生匆乱,独坐冥想,这天地无遮拦,恍若站在水中央。往事稍有不堪,总有求索不到的东西。

恍惚间,夜太湖一阵颤抖,却是那鱼儿在咬钩,抬竿,一条鱼挣扎出水面,划过静谧的夜,匆乱一道白色弧线。

"扑通",鱼儿掉了钩,慌乱了水面的月光,层层涟漪开去,似那一声声的轻叹。来不及遗憾!随它去吧!

解衣衫，月影透进栅门，今夜独眠。蛙鸣不曾停歇，各自为将来拼着老命地鼓噪，突然的一阵静默，水蛇成功地伏击，水鸟惊乱成一团，暗夜的芦丛诡秘得像个江湖。

竟是成仙的节奏，一夜未眠。到底还是贪婪。是否，美好的东西太过奢侈，所以拼命想要抓住？

天光渐亮，当一切匍匐在阳光下的时候，黑暗中的那些欲望，终将被蒸发。这船屋，哎，终究只是泊在太湖相互慰藉的孤儿。我，终于还是要走进茫茫人海，去这江湖，风风雨雨，仗剑高歌。

> 蓦然一惊，
> 此地已是春天

　　江南三月，山水如黛，经过的人，一旦入境，此生便再也难以离开。春栖柳岸，渔舟举帆在太湖，看白鹭掠水，惊起涟漪，撩动谁家俏娘鱼，轻笑启妆奁？

　　姑苏美，太湖占八分，湖光山色尽入画，我是耐不住春风催促，晴阳来放舟。

　　芦苇还在沉睡，渔民却已开始一季的劳作，张网结网，渔船如梭，瞧这春色无限好，汉子们已是吆喝起了渔歌。家中娘子可知晓？小鱼儿追着船舷游，看这光景，又是一个丰收年！

　　一盏清茶，闲坐客船半日，近处的水车咕噜噜，似那不知歇的老黄牛。稍远的风车，却是偷闲得紧，胡乱地转上几圈，哎哟哟，它竟躺在屋顶赏起了风景。我是禁不住这暖阳的热烈，深藏了一冬的心事又开始萌芽。

　　船家换了碟片，琵琶声声的评弹，换作了《在水一方》，真是个懂风情的娘子，暂借你娇俏的模样，想一想那位隐在心底的姑娘。

　　那姑娘，似这太湖的水，有着干净的脸庞。她忧愁时的模样，似这帆船倒影湖面，微锁的眉头，轻轻一声幽叹，仿若微风吹皱的帆，泛着彩又难以捉摸，架不住让人跟着心疼。

　　她欢喜时的模样，恰如那躲在芦丛的天鹅，矜持地冒出头来，曲项向天歌：情郎呦，那些脸红的话，到底要你先来说！

　　我又见到了四季客栈红色的房瓦，在那里，我们共度过好时光。

那些天我说过的情话，你可曾忘记了没有？岛上山岚，碧螺已经泛青，高山青青流水长，你说要做一个采茶姑娘，隐在山间与我赏风赏月，共琴瑟。

莫不如，来这湖中小岛，我自做一名贩茶郎，朝挑茶担贩走姑苏街巷，集市暮归，与你举案齐眉？你笑道，茶园可种几株茉莉，摘了做手串，披了头帕，与我相随，去做姑苏一枚卖花娘。

春到江南惹人醉，不觉已是一场春梦醒来，擦一把口角残涎，看那船娘偷笑，竟已是靠岸。

春光不是日日有，岂能多辜负？"客人呦，山上的梅花开得艳，何不去看看"，船家阿嫂纤手一指，早已唤醒漫山娇艳。

未到桃花吐蕊时，渔阳山的红梅却早已惊艳了江南。"桃花坞里桃花庵，桃花庵下桃花仙；桃花仙人种桃树，又摘桃花换酒钱。"徜徉花海，听蜂采蜜，读花痴了心。无来由，吟哦起唐寅佳作，心已飘飘然。

人人都道太湖美，不入画中怎知情？去他的《桃花源记》，远眺湖心，缥缈峰陡立，我的心里豪迈着《天

龙八部》,纵是此刻仗剑天涯,也是借了这春风醉,豪气满怀。

醉卧花丛君莫笑,熏风南来,人间已是处处春。站于山巅,看漫山红遍,延绵入太湖,且听风,耳畔缥缈《太湖美》,已是醉了、痴了。纵然天上宫阙,怎比得此刻春色在人间?

# 荷塘月色，
## 何叹仙子素欢

　　生于江南，是何等的福报。春花未老，旋复入夏，又逢莲荷初绽，是怎般的醉人心骨。

　　莲荷之于江南，乐府诗集专有一篇，"江南可采莲，莲叶何田田。鱼戏莲叶间，鱼戏莲叶东，鱼戏莲叶西，鱼戏莲叶南，鱼戏莲叶北。"此般明丽曼妙的画面，清新隽永的意境，并非隐藏在梦里，江南人都曾亲历。

　　江南如诗，姑苏如梦，梦境淡雅，似神仙人家。苏州人喜莲荷，残旧的庭院，莲影摇曳，顿觉出俗，至今小巷深处，仍有人家培植碗莲，莲荷开处，清幽淡雅。苏州多园林，无荷不成夏，馥郁时节，携老牵幼，人气鼎沸，引得仙子动容。

　　但要说到"接天莲叶无穷碧"的蔚然壮观，寻遍苏州城，怕只有相城的荷塘月色湿地公园了。公园位于黄桥镇辖地，太阳路以南，由300多个沉降鱼塘、200多亩荒滩废弃河道改建，占地2000余亩，引种有500余种荷花水生植物。经多年培育和引种优化，在荷塘月色湿地公园，春夏秋三季都可赏荷观莲。

　　伴游的小娘鱼告诉我，公园里的反季节莲荷已经培育成功，隆冬时节，照旧能一亲芳泽。试想一下，外面大雪纷飞，守着一屋绽放的莲荷，满室清香淡雅，围炉煮酒喝茶，何等快哉！

　　千亩荷塘，千年风月。此地不寻常！春秋时期，"战国四公子"之春申君，在此筑堤围堰、栽种楚地莲藕。后越国大夫范蠡弃官后也隐

迹于此，凿河泄洪，围荡养鱼。

人人都道江南好，却不知江南烟雨是情种，若非这千年雨露滋养，哪来这满目的芳菲？虽未到莲荷盛放时，"荷塘月色"却已引来游人如织。水域之上的栈桥，慢行的脚步，惊吓了鼓噪的蛙、戏水的鱼，紧闭了嘴巴、潜入了水底，初绽的莲荷，却依旧矜持。

莲荷之清淡，似乎无关岁月风尘，静处人间，看往来过客，终不染烟火。实则是俗人自惭。莲荷素淡，要遇有趣之人，方才妖娆。如同那初恋的少女，见了心仪之人，终究只是远观轻笑、美目轻撩，痴等那有情郎，骑竹马、弄青梅。

当你漫步在这"荷塘月色"的栈桥、亭台，日光湛湛，清风拂来，看那素来高洁离尘的莲荷，翩然浅笑，是何等的含情。当你荡舟荷塘深处，看腼腆的少女，于碧荷万顷间，美目含情，浅笑顾盼，看莲叶下鱼儿嬉戏，逐起涟漪层层，那莲荷也似受不了清风的撩拨，微漾起一池的心思。当人潮退去，流水月光，倾泻在花叶上，于氤氲水墨间，那莲荷悄然吐蕊，片片花瓣，晶莹含露，似一个恬静的春梦，落在静静的心湖。

你还在伤感这莲荷的寡情吗？莲荷似佳人，你若有趣，她必有情；你若倾情，她便只为你一人倾城。怕只怕凡夫俗子非要等到"红藕香残玉簟秋"，错过了这一季的荷塘月色，再去叹息什么"花自飘零水自流"。

好无趣的人！我今自去赏莲荷，跟不上脚步的，难怪你打光棍呢。

## 有风掠过，
## 最美不过少年

最美好的旅行，莫过于有一个你说什么她都懂，她说什么你也懂的人同行。而旅行对于风景的意义，或许也同旅者一般，需要懂它的人来邂逅。

开心或者不开心的时候，我是不会去沙溪古镇的。太激烈的情绪，会怠慢了那些风景。它不浓烈，不特立，甚至招惹不起走南闯北见惯了世面的游客，不屑的挑剔。它只是生活的标本。只有你愿意跟着它一道呼吸，原本就世俗的空气，它才会复活，并且与你对话，告知你，那些隐在浮华背后的故事。

在一个细雨纷飞的暮春，有着淡淡忧愁的我，冒冒失失闯将进来的时候，它仿同一位久候在此的红颜，将我迎了进去。

老旧的新华书店，水泥墙面如同抹多了脂粉的姑娘，经了风受了雨，粉子扑嗖嗖地掉落，墙面坑洼，似极青春痘顽固的印记。里面并不敞亮，架子上整齐排列的厚重书籍，白森森的书页切口，令人不敢亲近。顶上的吊扇，吱呀吱呀有气无力地旋转，总叫人担心突然会掉下来。哪有门口的小人书摊诱惑！

一毛钱交到摊主的手上，半大的孩子挤成一堆，小凳子不够分，干脆一嘴吹散路牙上的尘土，一屁股坐了下去。恼人的蚊虫，总喜欢追逐因一路嬉闹浑身汗津津的孩子。小人书上的内容太吸引人，受了痒却又不舍丢下，翻着书页，用手提起裤管，在腿上留下一道道红白相间的抓痕。看摊子的老人摇着蒲扇，笑眯眯地来回走动，尽量让这轻微的风，照顾到每个孩子。

接近中午的时候，做好了饭菜的老人，照例倚着木栅门，远远盯着巷子的尽头。再皮的孩子终归不会忘了回家，到了吃饭的点，连蹦带跑从一个个不知名的角落里钻出来。他们风尘仆仆，脸上淌着油汗，面色红润，身上的衣服却早已不成样子，或是穿得走了形，沾染了灰或是泥水，掉了一两粒纽扣是常有的事。

老人此刻的脚步变得矫健起来，早已拦在巷道的中央，瞅准了自家的孩子，一把揪住，拽进门里，在身上一阵拍打，嘴里"哦呦哦呦"地发出既不满又宠溺的腔调。

天气一天天热起来，知了"急啦急啦"叫唤的时候，篾匠铺的生意好得出奇。那种竹篾编制，半人高圆滚滚，中间空空的筒子，最为抢手。

电风扇的风越吹越热，午睡的娃娃在床上翻来覆去，翻个身叫唤一声"热煞唻"，再翻个身又叫唤一声"热煞唻"。祖母打来沁凉的井水，把筒子浸入水中，随后又拿出来擦干，塞到娃娃边上，"囡囡啊，抱着竹夫人，一会就凉快了。"

"为什么叫竹夫人啊？"小娃娃感觉清凉了许多，抱着竹夫人，瞪着眼珠子问祖母。

"哦"，祖母愣了愣，又笑了，逗趣道，"那你天天抱着它，等你长大了就给你当老婆啊。"

"奶奶骗人！"小娃娃不屑地看了看竹夫人，一脚踹向一旁，嘟囔道，"它又不是人，又不会讲话。"但毕竟架不住热，又翻过身去，用脚尖钩了竹夫人过去，重新抱在怀里。

"摇啊摇，摇到外婆桥，娘舅唻了摘枇杷，娘舅唻了纺棉花……"老祖母轻哼着童谣，小娃娃的脸上挂着笑，口水沾满了竹夫人。

倚在墙角的二八杠脚踏车,总让我怀想,那群在风中的巷道呼啸而过的少年。他们有着苍白的面容,薄凉的衣衫。

杂货店里,三三两两挤进去的少年,大呼小叫简直要将店铺的顶给掀了。不肯老实做生意的老板,小心翼翼地招待这些半大的孩子,带着诡异的笑,朝外东张西望一番,拆了一包香烟,一根根塞进少年的手中。

在少年的时光,香烟是论根卖的。明知道便宜了奸诈的老板,但谁让少年们那么想要成长为男人呢。

烟雾往往聚集在僻静的门楼,后面是街巷,前面是一条流经小镇的河,有一座斑驳的老桥,风吹草动之下,少年们瞬间四散逃窜。

那位落寞地坐在杂货铺里的中年男子,是否还在怀想当年的时光?只是,他断然不会再把香烟卖给少年。他已经是一位父亲。

时光氤氲的下午,新华理发店里,少年被摁在可以旋转的圈椅上。椅背上的皮革已经磨脱了一大块,花白头发的剃头匠拿着推子,咔嚓咔嚓，将少年的心事剪落了一地。

姆妈在一旁叉着腰盯着，她的手里还拿着一只塑料凉拖。一路的抗争终究敌不过碎碎念，和她手里的降妖神器。

每个男孩子都不喜欢老剃头匠，他只会剃一成不变的小平头。少年的心已经懵懂，他只想留一点点的长发，从嘴角往上吹一口气，发丝飞扬的动作真的好帅。老妈你知不知道？那样的动作会迷死女孩子的！好吧，其实我是不敢对你说实话的。

下午3点，邮递员照例都会来打开那只绿色的邮筒。那个时候，总是想着远方，还有素未谋面的笔友。呵，她是一位女孩，曾经寄来的照片，比越过课桌的三八线时，那个喜欢用笔尖扎人胳膊的同桌，好看了许多。

少年的心事，总是用一夜的未眠，换作信笺上一行行的倾诉，在印着碎花的纸页上，有那么一点点的悸动。把信塞入邮筒，就是漫长心焦的等待。明知道昨天才刚刚寄出，邮递员从门口经过，总忍不住要问上一句，"阿叔，有没有我的信？"

多数的时候是失望的，远方的女孩，或许还在纸上酝酿着情愫。那究竟算不算爱情呢？谁知道呢。很多很多年过去了，远方的女孩，依旧还在远方。时光慢慢地流淌，少年长大了，娶了老婆生了孩子，望着街上呼啸而过的少年，偶尔也会出神，偶尔又神经质地轻笑起来。

古镇屋檐下，年年都有燕子归来筑巢。有老人突然消失，街上再也不见那佝偻的身影；有年轻的女人，带着满脸的幸福，推着童车经过巷子，里面坐着胖嘟嘟的娃娃。

古镇安静地注视着这片土地上的生灵，一茬又一茬，收藏着他们的故事。你不和它说话，它不会告诉你。若是你开了口，走进它的心里，时光犹如粉末弥漫，将你一把裹了进去。

## 宝剑入鞘，
## 回家读书种茶

不知道谁说的，"旅行，就是从你待腻了的地方，到别人待腻了的地方去"，当然这不是旅行的意义，但我却喜欢套用这句话，来诠释我的乡愁。

小的时候，我算得上山村里最见过世面的小孩。因为母亲属"下放知青"的缘故，经常能在暑假，随她前往北方的一座城市，探望她的亲人。

虽然那座城市并没有带给我多少愉快的经历，但小小的心里却有了比较。高楼大厦、宽敞的马路、红绿灯、公园，以及各色各样包装鲜艳的零食，往往成为回到山村后的炫耀。

在别人艳羡的目光里，隐在延绵大山间用泥土和山石垒起的房子，到处游荡着见到小孩就狂吠猛追的恶犬，这山村于我眼里越发的渺小起来。

我心心念念要离开山村，去往我心所属的大城市。终于在十八岁那年，登上北去的列车，渐行渐远。

吊诡的是，近年却忽然生发出些许乡愁来。所谓乡愁，无非就是从你待腻了的山村，去别人待腻了的城市折腾，直到有一天，你厌倦了城市，又想重新回到以前呆腻过的山村。细想想，这人生，可真是有些犯贱的味道。

但这山村，毕竟不再是我的山村，于是每次回去，越发要仔细去"研究"它，好在往后乡愁病发的时候，熬成疗伤的膏药。

山村名叫外应村，位处浙江奉化市西部山区，距城区约5公里。南宋时，先祖应仁公从宁海梅林迁居于此，经800余年繁衍生息，以曰岭为界，形成外应、里应两大应氏家族，统称奉川应氏。

外应村宗祠——紫微堂正门刻有"曰岭环祠子孙贤，锦溪绕堂福禄长"的楹联。可见曰岭是奉川应氏的精神图腾。

曰岭是一座山的名字，有条茶马古道从山腰经过，海拔不到300米，地势陡峭处，有石阶逶迤盘旋，平直的地方，均以鹅卵石铺砌，修筑的较为平坦。在步行肩扛时代，是奉化县城通往县西的溪口、跸驻以及邻县新昌、嵊州的交通要道，往来行人不绝。1949年2月，蒋介石最后一次回家，由溪口到县城巡视，坐轿走的也是这条路。而我也曾随祖母，从这条道翻山越岭，去自家承包的山林，挖笋、采蕨。

曰岭之上有奇石傲然，独立苍穹，形如一妇女，宋代地理著作《太平寰宇记》记载称："其石五色，望之颇似新妇首饰花钿"，并将此石封为"曰岭夫人"。

曰岭夫人的传说现为省级非物质文化遗产，在村里妇孺皆晓，我自然也是从小听说。传说曰岭夫人新婚不久，丈夫出海捕鱼，不幸葬身鱼腹。新人日夜盼夫，望眼欲穿，久而久之身体便化成了岩石。这个动人的传说，宋代以来就一直流传于民间，有诗曰："当年望夫夫未归，山头化石空相忆。"

站在曰岭之巅，东可望奉化县城，西可远眺溪口山水，脚下还有一个水库，水深十米有余，水质清洌甘甜。我的父母年轻时，曾为其挑担修筑出过力，儿时我也曾与玩伴在里面踩水嬉戏。水库与茶马古道的交汇处，是奉川应氏二世祖应茂公及夫人的坟茔，每次返乡拜谒曰岭，必要去祭拜一番。族人感念祖宗恩德，近年对太公坟重新修葺，愈发肃穆。

村里出过不少读书人,当官的却不多,最显赫的当数明建文二年进士应履平,史料记载"中浙江乙卯科乡试第三名,继登、庚辰科进士第六名,任德化县知县,继升吏部稽勋司郎中,进升常德府知府,后升贵州按察司,遂升云南左布政司。"

应履平因病辞官归乡后,撰族谱,修寿溪桥,排解乡里纠纷,斥异端邪术,常谓:"门不正,而路不直,虽俗巫使然,亦人心之惑也。"晚年,每逢月朔与徐维超等隐逸清雅之士在北山聚会,饮酒唱和,称"群英会"。明景泰四年八月卒后,葬于曰岭东首。

儿时随祖父入深山劳作,还可见残碎的牌坊、神兽雕像,只是现今再也无迹可寻。细想一下,对于从未离开过山村的族人而言,他们也是有着乡愁的:曰岭夫人头像在"破四旧"年代被人用炸药损毁,进士太公的墓道无迹可寻,东面山峦今年开通了隧道,奉化城区到山村仅需几分钟车程。

很多记忆都在随着年轮而改变。我的乡愁,其实早已不再纯粹。或者说,这乡愁将会最终消失,因为过些年,我就要回到这座山村,种茶、读书。

狗屁江山，
唯愿佳人长伴

江南的园林，总离不开那一片荷塘、几株莲。选了个清晨，水汽还氤氲着香溪。虹饮山房的羡鱼池里，莲叶田田，游走池上曲径，观这仙子清雅婀娜，天地顿觉清净。

有清风拂过，耳畔一阵沙沙作响，吹低了荷叶，露出初绽的莲蕊，慌张了浮游的锦鲤，撞落了莲盘玉珠。倚坐楼台，轻推花窗，晓风洁净，池亭花木入眼帘，幽人之韵致，可读书、可写字、可吟诗，可饮一杯无？

园主本是豪饮之人，落第秀才徐士元，一生不慕功名，唯喜居家读书，且善饮，常与友诗酒为乐，号称"虹饮"。

因宅园毗邻虹桥，"虹所饮者，桥下之香溪也"，为乾隆下江南寻找欢喜之所的刘墉，看中此地有"溪山风月之美"，欣然泼毫，写下"虹饮山房"四字。自此，乾隆每下江南，必到虹饮山房，在这里游园、看戏、品茗、吟诗，直到日暮，方才带着余兴，顺着门前的山塘御道，返回灵岩山行宫。

虹饮山房因乾隆六次幸临而显尊荣，也因此成就了江南古典园林中的一朵奇葩。

整座园林由秀野园和小隐园两座明代园林联袂而成，中路为门厅、花厅和古戏台，建筑体量宏大宽敞。行走在虹饮山房，既能感受到江南古典园林的风雅秀气，又随处显露北方皇家园林之端庄大气，于大开大合之间，将南北园林不同的文化风格巧妙融合于一体。

若为避暑而来，虹饮山房可待一天。清晨开园，天光尚早，游人寥寥，疾奔荷塘而去，用盛器采落颗颗露珠，饮之如山泉、胜甘霖。觅一清净处，啜露读书，实在是人生一大快事。

午后，烈日灼灼，有回廊曲径、水榭亭台遮阴，细行慢步游走其间，圣旨馆内听蝉鸣，绣阁深处思红颜，可遐想"金榜题名时、洞房花烛夜"，何等快哉！

日暮时分，古戏台的锣鼓哐哐啷啷响起，余晖金黄，天光笼罩飞檐楼台、池塘碧荷，来不及赞叹，看流光逆转，一轮明月高悬重檐。台上水袖长舞，水磨腔婉转绕梁，一声长叹"夫君……"只道白娘子寻夫不见，黄梅天暴雨淹了苏州城，与你何干？

心魄早就付与那佳人美眸红唇，唯愿此生长相守、共婵娟……

散落一地的溫柔

## 印象江南，
## 拿去你的乡愁

你眼中的江南，是一种怎样的风景？步履匆匆的上班族，穿梭的地下铁，或者偶尔小清新的下午茶，一场音乐剧，一场时装秀？城市的江南，每一座城市都有。我要的江南，是那个鱼虾满仓、稻浪翻滚、荷香遍野，听取蛙声一片，农耕的江南。

多少次午夜惊醒，窗外有马达轰鸣，街灯彻夜不眠，浩荡的湖面不闻渔歌，围困在城市的中央。我穿着宋锦织就的华服，行走在钢筋水泥的都市丛林，吟哦高歌，千年的风月阻挡在高楼大厦之外，无人唱和，风沙弥漫在喉咙，雾霾蒙蔽了眼睛。

所以，不要惊讶和取笑我，见到那一片田园时的泪流满面。

这是少年的江南。立秋过后的清晨，雾气薄凉，禾田披着油绿的衣衫，稻谷开始抽穗。雨后的荷塘，洁净的水珠，在荷叶里嬉戏，农夫的双手，在水里一番摸索，浮出一支粉嫩的莲藕。蝴蝶追逐在荷花之丛，若是郎有情、妾有意，那莲蓬就是楼台，诉不尽的前世与今生。

水渠里的水缓缓流淌，淘气的小儿郎，塞了一只箩筐在下游，一路踩着水，惊慌了觅食的泥鳅，

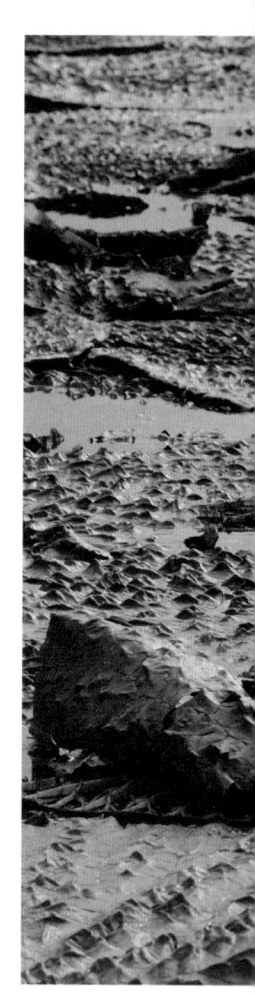

激起一阵阵水花。田埂上的女娃娃,挥舞着手里的玉米秆,欢呼雀跃,"好多的泥鳅,哎呀,哎呀,还有小鱼!"

此般情景,叫人怎能不忆年少?

这是记忆中的江南,姑苏城外澄湖畔,碧波万顷,良田万亩。你看呢,你喜欢的鸡头米,长在这铺满水田的绿毯里,趁着雨后的清凉,抓紧收了这一亩的果实。白鹭翱翔天际,盘旋着落入农夫走过的田地,追逐着虫娥,还有水洼里挣扎的小鱼。采完莲藕,鸡头米也熟了,吃过鸡头米,又该是俊俏媳妇划着船儿采红菱的景象。

似乎一年闲不得几时,来自大地的丰厚回报,令每一张朴实的脸,挂满了收获的喜悦。

衣食无忧的乡翁,一壶茶,一条钓鱼竿,湖岸坐上半日,看渔船往来不息,撒网收网。当年身强力壮,他也曾是风里雨里驰骋湖面的浪里白条。

这一处姑苏的鱼仓,有你津津乐道的塘鲤鱼,那小小鱼儿剔下肥嫩似豆瓣的脸颊肉,一碗鲜美奢侈的"雪菜豆瓣汤",可知要羡煞多少饕餮客。

远方的村舍,有炊烟袅袅。归家的脚步,沐浴在霞光里。小小的院落,竹篱菜圃,几畦韭菜与小葱。更有丝瓜、豆角,藤蔓缠绕竹枝,红的、粉的花儿,招摇来蜜蜂嗡嗡。门前桃李丛菊,门后绿水垂柳,蔷薇木槿满园,关不住的芳菲。

小儿一路欢笑,家养的大白鹅早就等在路口,长长的脖颈一伸一缩,呃呃地叫唤,迎向满载而归的小主人。满筐的泥鳅犒赏忠实护家的白鹅,早有盘旋半空的白鹭,飞掠前来抢食。飞鸟不怕人,与大白鹅竟也相敬如宾,没有预想中的骚乱,出来摘葱的农家阿嫂,折返回屋,舀来一碗玉米喂鸟。

莫要惊奇,阿嫂说:"这些鸟也是我们家养的。"

暮色降临,稻田里不止有蛙鸣,几盏萤火,扑闪扑闪,应和着远处城市的灯火。湖风清爽,带着清新的水汽。波涛拍打着礁岸,诉说着"天宝元年地陷成湖"的传奇。新月在天空游走,来自亘古的星火,仿同脱离了管束的顽童,在明净的夜空,肆意而欢。

此般江南,令人迷醉。他日,我愿邀你至此,让世间所有的纷纷扰扰,统统丢进这浩瀚的澄湖,余下一盏清茶,几帘竹风,简净清明,不与世争。

## 一间大宅，
## 恍惚前世家园

暮光微醺，残阳的余晖，从古镇的水面掠过，在石拱桥上稍作停留，从山墙的后头渐渐隐去。飞檐上，一轮灰白的月，蒙着面纱，有夜归的鸟雀，飞过。用罢晚餐，管家关了前院的门。外面的市井和喧闹，顿时静默下来。

若有访客再来，必得用力拍打宅院外弄堂的偏门，更需管家耳尖，跑去启了门闩，领着走过逼仄的巷道，请入院内。黎里古镇的夜，来得有些猝不及防。

廊街上的灯节次亮起来，猛然四顾，穿梭的人流兀然消失，河埠头浆洗的妇人，也拎着桶子，脚步匆匆，来不及招呼，已经消遁在一条条幽暗的深巷。白日穿梭河道的乌篷船，一根绳索，绊住拴船石，兀自不甘心地在微波里挣扎。亭子里的残局仍在，下午在此对弈的两位老汉，似乎是长袍的道人，一副宽袖，裹了川流而过的看客，还了天地一个干干净净。

夜，静谧的只有自己慌乱的脚步，嗒嗒嗒嗒，在长街上回响。沿街的房子，一楼的店铺都落了排门，唯有二楼亮着的灯火，透着世间的生息。

穿过一段宫灯映照的廊街,前方四进的一座大宅院,是我今夜的归宿。水岸寒舍,依旧灯火辉煌,只为我一个人的归来。

管家询问无事之后,自去自己的工作房,若不招呼,这一夜他也会消失在你的世界之外。

从古井打了一桶水,烹茗闲坐厅堂,翻几页书,忽觉无聊,走至天井,月在正中,徒然生发几分惆怅。月影下的砖雕门楼,透着历史的尘光,似乎一位欲言又止的老者,藏着这座宅院久远的记忆。

嫌这院落太过空旷,移步去关了一进二进的门,手掌拂过朱漆门扉的铜锁,那已经斑驳的墨绿锈漆,沁凉,令人无端怀想起那位棉麻长衫的女子,明眸皓齿笑意吟吟。她是前世的妻吗?这是你们旧爱欢娱的家吗?这绸面的榻凳,这梨花木的靠卧,这古朴的盆栽,可是你们绵密到浓长的爱情物证?

庭院深深，庭院外面是江湖，庭院里面是暖香的爱情，哪怕外界的世间刀光剑影，若人生有此般一处归宿，纵是平常一身刀痕，此生也是慨然。今夜独眠，雕花床微散着淡淡的桐油香氛，挂了帐子，梁上的莲花宫灯，如疏朗的月色。

心事如潮水般翩然，旧时王谢堂前燕，此刻正在你的窗外呢喃。莫非，这夜，它们也无眠？是这月影疏淡了睡梦，还是这前世的吻痕依旧在心底隐隐作痛？一个人的深宅大院，有的是连绵不绝的遐思。

半夜，天竟淅沥下起雨来。听到雨点打在房瓦上，噼啪作响，炒豆子的声音越来越密，又听到细流从房顶滑过，沿着屋檐的花瓦，落入院落的荷花缸，叮叮咚咚不绝于耳。这心，由不得潮湿起来。前世的家园，此刻，恍然如归。

槛外高歌，请君为我倾耳听

叁

## 林妹妹也，
## 无奈天妒红颜

夜读《红楼梦》，是为着在这无趣的世间寻找到一丝慰藉。

读到第七十六回《凹晶馆联诗悲寂寞》，有一段史湘云和林黛玉的联诗，分曰：寒塘渡鹤影；冷月葬花魂。不由想起晚明才女叶小鸾的诗句：勉弃珠环收汉玉，戏捐粉盒葬花魂。

自古红颜多薄命，一真一幻同为姑苏人氏的两个奇女子，竟都在17岁妙龄，因"婚"香消玉殒。念及此，再读"红楼"，不觉心下凄然。

明末江南，吴江汾湖之滨的北库叶家埭，叶小鸾降生于午梦堂，为堂主叶绍袁第三个女儿，自小才情非凡。10岁时，与父燃灯夜坐，秋风乍起，帘外庭竹潇潇作响，帘前月明如昼。叶绍袁刚吟出上联"桂寒清露湿"，小鸾随即接应"枫冷乱红凋。"12岁时，母亲沈宜修教她学咏，从此能诗。14岁，能弈；16岁，通琴。而书、画两技，更是

无师自通。

小鸾不仅有惊世之才,更有天仙之貌。一日晨起,素面未洗、宿发未梳,至母亲床前请安,其母惊叹"我见犹怜,不知画眉人见了会有何种感觉"。其父也曾赞叹她有绝世之姿,比梅花,觉梅花太瘦;比海棠,觉海棠少清。笑笑生芳,步步生妍,亭亭玉立,逸韵风生。

小鸾性格高旷,爱清幽恬寂,生性清淡,不分寒暑,静坐北窗下,一炉香相对终日,临帖王子敬《洛神赋》,或怀素草书,终日与琴书为伴,且能饮酒、善言笑,潇洒多致。

其自幼许婚昆山大族、河南布政使张鲁唯之子张立平。17岁时,张家提出完婚要求,小鸾竟忽然得病。婚前5日,倚在母亲怀中,口诵佛号,星眼闪耀着泪光,瞑目而逝。

明崇祯九年,叶绍袁将一门唱和之作揖为《午梦堂集》,一时海内咸传,被誉为"吴分诸叶,叶叶交光"。也得益于此,才令世人知晓,这世间曾来过这般一位有趣女子。

次日午后,因犯情痴,驱车至北厍,在一片寥落的乡野,经人指点,终于寻到存于残桓断墙间的午梦堂遗址。当年的亭台楼阁早已不见痕迹,唯有小鸾亲手种下的一株蜡梅,历经400余年风霜雨雪,至今仍年年盛开不败。

因小鸾的才情、性格,以及诗文作品与《红楼梦》颇有渊源,学界不乏将叶小鸾比作林黛玉原型的引证。而我于这酷暑午后,立于午梦堂内,看竹影婆娑,心却突然豁朗,红颜虽薄命,却拥有一个永恒的花季妙龄。

唯有这不因时光流逝而老去的红颜,才更叫人怀想与思慕,令人在这浮躁的世间,用恋人般的情愫,去阅读与怜惜。

## 花气袭人，
## 姑苏一等佳人

新荷绽放，想起芸娘。想别人老婆，实为不道德。不过，还有比我更猥琐的，那就是林语堂了。

林语堂称芸娘为"中国文学史上最可爱的女人"，并且还很腻歪地称她为"芸"。连老林这样的大咖，都这般把持不住，更遑论我这凡夫俗子，才不要管这世间道德累赘，故而也将芸娘引为红颜了。

芸娘是沈复的妻子。根据史料记载：沈复，字三白，号梅逸，清乾隆二十八年出生于姑苏城南沧浪亭畔士族文人之家。没有参加过科举考试，曾以卖画维持生计，19岁入幕，此后40余年流转于全国各地。

也就是说，沈复的营生，就是给官吏当幕僚，而且颠沛流离，这表明他只是一个临时工，而且每份工作都不曾长久。在芸娘活着的时候，沈复没有什么名气，等到芸娘死后，沈复想起妻子的种种好处，也是苍天开眼给了他些许文采，这才有了《浮生六记》，让世人知道这天下原本来过这么一个妙人儿。

芸娘的妙趣，在于她能把不如意的生活过得百般有趣，更在于她能够安贫乐道，与生活潦倒又一直长不大的丈夫，在悲情的世界，开出情趣之花。《浮生六记》里有一段文字，记述芸娘制作莲花茶的细节："夏月荷花初开时，晚含而晓放。芸用小纱囊撮茶叶少许，置花心。明早取出，烹天泉水泡之，香韵尤绝。"

这是何等的妙趣，也只有一颗玲珑心的芸娘才能想得出来。读到这段文字的时候，我刚刚泡了一盏茶，看着窗外的碗莲绽放，恍惚闻到芸娘纤纤玉手里那盏青花瓷碗飘来的袅袅清香。

芸娘是一位能诗画、擅女红，性情活泼善解人意的女子，沈复将她视为知交密友、生死伴侣，终日在一起评花赏月、覆诗行酒，"自以为人间之乐，无过于此矣。"

夫妇俩平日静室焚香不辍、案头瓶花不断，清贫中亦有其乐。志趣相投的友人时有来访，芸娘也常有巧思而使宾客尽欢，每每令人赞叹，"非夫人之力不及此"。

沈复和朋友们想去郊外边赏油菜花边喝酒。因为是早春，酒必须温热了才能喝，可荒郊野外哪来的酒肆？芸娘想了一个办法，带上茶壶灌了酒，在篝火上烧煮，这才遂了众人的兴致。

沈复插了一盆花，左右看着觉得呆板，芸娘见他苦恼，就去捉来些许蝴蝶昆虫，用丝线缠绕在花木的茎干上，盆景顿时活了起来，芸娘的神来一笔，见者无不赞叹。

芸娘原本是一个"守妇道"的传统女子，偏偏遇上了不服礼教的沈复，沈复为她整袖递巾，她必站起来说："得罪"、"岂敢"，沈复笑话她说："你想用礼教束缚我吗？礼多必诈！"

几番下来，"岂敢"、"得罪"竟成了夫妻间相互逗趣的用词。

他们相守23年，日久情愈深。有一年，芸娘想去看庙会，可是碍于自己是个女子，便和沈复一道瞒住婆婆，把眉毛画粗，戴上帽子，穿上丈夫的衣裳，扎紧了腰带，脚踩一双时兴的男士蝴蝶履，拉起沈复一起去逛庙会。

《浮生六记》里沈复描述，"家庭之内，或暗室相逢，窄途邂逅，必握手问曰：'何处去？'私心忐忑，如恐旁人见之者。实则同行并坐，初犹避人,久则不以为意。"

这般夫妻情深,也难怪芸娘离世前对沈复说:"忆妾唱随23年,蒙君错爱,百凡体恤,不以顽劣见弃。知己知君,得婿如此,妾已此生无憾。"

其实老天对芸娘有着诸多的不公。她的丈夫沈复,其实就是个旧式书生的典型,口袋里没有钱,却硬要充小资,书不好好读,也不想着谋生,却整日四处游耍,饮酒赋诗、狎妓买欢,还要养兰花,收字画。

芸娘是个悲剧式人物,因为女扮男装随夫君出游,失去了公婆的欢心,后又因为公公要纳妾,托芸娘物色,被婆婆知晓,"遂并失爱于姑矣。"最终被逐出家门。好在夫妻感情甚笃,不曾离弃。

芸娘一心想为丈夫纳妾,与妓女憨园说定,纳其为沈复之妾,终因憨园嫁给了有钱人,芸娘自此认定憨园负了自己,居然气得血疾大发,卧床不起,竟一命呜呼。

后人多有评说,沈复对家庭太不负责任,芸娘太过放纵丈夫,又太委屈了自己。但不管怎样,芸娘成就了沈复的《浮生六记》,让天下知道,原来这枯燥的人间还有这么一位妙人儿来过,原来这悲情的人生,可以过得这般有趣。

## 耦园寻魂，
## 那个娘子走了

窗外小雨，易惹相思。静坐书斋半日，忽然生发去耦园访古的心境。从平江路出发，穿过仓巷，就是小新桥巷，这是一条水陆平行的巷子，南面傍河，岸上杨柳依依，民居粉墙黛瓦筑水而居。耦园便隐在其中。

> 短短墙垣曲曲篱
> 蜗居小隐北山陲
> 入门绿雾迷三径
> 绕屋红泉汇一池
> 竹影暗摇疑凤舞
> 波纹圆动觉鱼嬉
> 笑他广夏千间想
> 谁及壶中日月迟

严永华的这首诗，道尽了她与沈秉成共同生活了8年的耦园之美。

耦园原名涉园，为清顺治年间保宁知府陆锦所筑，咸丰年间毁于兵燹。同治年间，浙江湖州人，官至安徽巡抚，署两江总督的沈秉成，在中年遭遇丧妻失子之痛后，与他仰慕已久的浙江才女严永华结为伉俪。1874年，沈秉成购得涉园废地，2年后改建成如今的耦园，自此夫妇两人在此琴瑟相和。

走在花影轻摇的耦园之内，处处能够感受到沈秉成与严永华的旷古爱情。刻在东院门楣上的"耦园住佳耦，城曲筑诗城"是严永华的诗句，"耦"通"偶"，"城"通"成"之意，"佳偶天成"，足见女主人对这一段姻缘寄予的美好期盼。

每到耦园,无不令我浮想起这般画面:月华如水,边上夫君的诵读声已经停顿了一刻,女主人轻提罗衫,走进吾爱厅内,纤纤素手落于琴弦之上,"名花如好友,皓月是前身",琴声欢悦,情难禁,不羡天上宫阙,只愿长相依,在人间……

听琴轩里的沈秉成听着琴声,默然出神,禁不住一阵恍惚。半生坎坷,有此佳人相伴,夫复何求?窗外光华四泻。几片白云丝絮般轻掠,一时遮蔽了明月,月影五彩斑斓,清风徐来,云破月出,琴声戛然而止……

沈秉成心内兀自一惊,醒过神来,挪步至佳人身旁,轻解下斗篷披于爱妻身上。相拥在望月亭内,天地静默无声,池中明月华光烁烁,现世安好。不经意,一条小鱼跃出水面,惊了一对痴情的人儿,月影开始摇晃……

人世间最好的爱情莫过如此。琴瑟相和的缠绵爱情,一再表现在严永华的诗句里。

鹊噪晴枝傍绮栊

东风吹放小桃红

暂开帘押迎归燕

偶擘云笺寄远鸿

春事今朝花影里

诗魂昨夜雨声中

寻芳双蝶过墙去

绣陌新添绿几丛

一个春日,沈秉成赴约去杭州会友,独留严永华在耦园。夜阑人静,佳人独坐听橹楼上,听窗外的船桨声由远而近,一艘艘接着而来,又接着远去，盼也盼不到自己心心念念的那只停泊靠岸，兀自惆怅，那个人儿此刻是否正陶醉在西湖的柔波里，他可曾有过一丝的想念？

有这般美眷佳偶，无怪乎已是知天命的沈秉成，难掩心头的愉悦，赋诗道，"何当偕隐凉山麓，握月担风好耦耕"。

"春梦几多时，散似秋云无觅处"，沉浸在温柔乡里的沈秉成，1885年终于因诏书累下，无奈再度复出，离开了这座精心构筑的爱巢，赴京任职。

"闻琴解佩神仙侣，挽断罗衣留不住"，1891年，沈秉成赴应天署两江总督任，"拜命之日，严夫人卒"。小沈秉成15岁的严永华，病逝于安徽巡抚任所。

光绪二十一年，沈秉成再次回到阔别多年的耦园，"人面不知何处，绿波依旧东流"，物是人非，画阁魂消，紫薇花残。当年七月，沈秉成郁郁而终，与夫人合葬于杭州市南山。

我没有勇气去想象沈秉成失去严永华，以及他独自回到耦园时，是怎般凄凉的眼神与心境。只是此刻，这雨，这耦园的雨，让我陷入怅然……

## 山塘流年，
## 静守春来秋去

不到姑苏，怎知此地魅惑，竟使人忘却故土，直把小桥流水人家，当作了故乡。

木渎古镇山塘街，老篾匠单同顺，静静坐在自家小店的门口。客来客往，他埋首自己的手艺里，不迎不送。偶尔也会点根烟，望着门前流淌的香溪，出一会儿神。年已花甲，手指依旧灵动，一条条竹篾穿梭，或是箩筐，或是竹帽、提篮，守着时光静默。

遇到客人问话，抬起头，憨厚地笑笑，难改的泰州口音，好性子地作答，手却不曾停歇。"我到苏州30年了"，单同顺忙着手里的活儿，语气里带着对生活的满足，"一家子都在苏州，孩子们也会这门手艺，

有时间过来帮帮忙,不过不靠这个吃饭了"。

来苏州之前,单同顺被人称为篾匠,客气一点,顶多一句"单师傅"。

苏州尊重手艺人。认识他的人恭恭敬敬一句"单老师",递根烟,闲聊几句便走,不耽误他的活计。手艺人辛苦,到了这个年代,能吃这份苦的人已经不多。苏州人顶顶佩服,吃苦耐劳凭本事吃饭的人。

1949年,单同顺出生在泰州高港,家里兄弟姐妹多,日子过得紧巴。祖上曾有做竹器的历史,14岁,单同顺拜了个师傅,学做竹器。学徒很受罪,每天要砍竹子、劈篾、抽篾。竹子要自己去竹园砍,砍完后要劈成蔑,最后还要用两把刀片把篾抽成细条。而这抽条很是危险,心手眼刀全力配合才行,否则一不留神,篾条伤到手,血流不止。

学徒三年期满,单同顺到了上海,跟着另一位师傅又学了半年技艺,而后四处接活,自己开店,摸爬滚打在十里洋场漂泊了20年。

1983年,单同顺到苏州木渎游玩,朋友开玩笑说,"苏州手艺人很多,高手云集,你在上海再厉害,到了苏州可能就不算什么了"。

单同顺不服气，以后经常来苏州跟同道切磋，慢慢地，因为"莫名的亲切"，3年后举家迁到苏州居住。到了苏州，还是干老本行，在木渎古镇外面的大街上，开了一家竹器店，自编自卖，拉扯大了几个孩子。

单同顺喜欢"折腾"，人家编竹器是按部就班，编完就算，他是不断搞"花头经"，整天琢磨着怎样把竹器做得又精致又能吸引顾客。他自创了一套绝活，通过蒸煮竹篾来获取想要的颜色。这样的"花头经"，吸引了许多来木渎古镇游玩的客人，纷纷带回家去当艺术品装饰家居。

一时声名鹊起，单同顺作为"艺术的传承者"，被请进了古镇景区。无论是被人称作"老篾匠"，还是"单篾匠"、"单师傅"，或者是现在的"单老师"，单同顺依旧安守着自己的手艺，在古镇缓慢流淌的时光里，静守着一个手艺人的春夏秋冬。

千载香溪水，寒来暑往，人来人去，不悲不喜，浸润着流淌过的每一片土地，安抚着每一个驻足的灵魂。山塘古街，帝王佳人、贩夫走卒、贫富贵贱，一并收了去，交与历史的风尘，皆是姑苏风情。对于每一位流连在这片土地的异乡客，流水无言、街巷静默。其实，你若安好，便是晴天。

教书先生，
五年轻慢时光

　　早起的阳光，越过高耸的马头墙，倔立的瓦松，沐浴着生命的礼赞。鸟雀唧啾，在屋檐上跳来跳去，唤醒了驳岸边的杨柳。挎着布袋书包的小学生，在廊棚里追逐嬉闹，脚步匆乱了古镇的晨光。

　　香花桥上露珠尚未消退，湿漉漉地向着悠长的香花弄蔓延。数着步子，走过结着青苔的石板路，保圣寺的晨钟响起。紧随着佛国梵音，一墙之隔的小学堂，也即将拉响上课的电铃。

　　一位清瘦的年轻人，穿着青灰色长袍，捧着一摞书，立于校门外，三三两两的小学生从他身边经过，恭恭敬敬鞠了一躬，喊道，"先生早！"

　　年轻人微微躬身，笑着回应，"早。"

　　那声"早"，是标准的苏州口音，说的认真且又软糯。

　　这大抵是1917年发生在甪直古镇的片段。那一年的早春，梅花开得灿烂，苏州青年叶圣陶，在寺庙旁的这所小学堂，当起了教书先生。

　　人们时常怀念那个时代。那个犹如春天般清新的时代。叶圣陶是破冬的一缕春风。

　　1912年1月，18岁的叶圣陶中学毕业，因家境贫寒无力继续深造，便在校长的推荐下，到干将坊言子庙的苏州中区第三初等小学做了一名教员。

　　出生于1894年的叶圣陶，见证过清廷的内忧外患、风雨飘摇。他认为，教育最主要的意义，是培养出一个个自由的人。"我与从前书房里的老先生其实是大有分别的：他们只需教学生把书读通，能够去

应考试,取功名,此外没有他们的事儿;而我呢,却要使学生能做人,能做事,成为健全的公民。"

"有一种弊病,就是学生在校里,只知道读书……换一句说,便是偏重读书,忘了人生。"

然而,执教之初,这位理想主义者,如其日后创作的教育小说《倪焕之》中的主人公一般,遭遇了现实的重创。课堂上,他不拿教科书,"随心教去,如舟入大海,任其所之"。他在课堂上宣扬"独立"和"民主",给学生讲述鲁滨孙孤岛漂流的故事以释"独立";讲美国总统林肯的故事以扬"民主";讲武昌起义和辛亥革命,以引导学生关心国事。

这背后,是叶圣陶一颗"从事教育以改革我同胞之心"。但这并不符合当时的教学规范,教育改革的观点无法被校长和同事们所接受。1914年7月11日,校方以减缩班次为由,将叶圣陶排挤出校。

由于生活的逼迫，9月7日，他去苏州农业学校任书记员，刻写和印刷讲义，每日须刻七八千字，手酸肩痛，3日后即辞，此后依靠卖文为生。顾颉刚在《隔膜》序中也谈到这一情况："他受经济的逼迫更厉害了，他只得做了许多短篇小说寄《礼拜六》及《新闻报》等。"

1917年，甪直向这位苦闷的青年张开了怀抱。当年春，23岁的叶圣陶受校长吴宾若之邀，到甪直吴县县立第五高等小学执教。在这里，叶圣陶仿佛走进了一个"理想王国"。

在近五年的时间里，他和校长吴宾若、同事王伯祥志趣相投。他们冲破封建教育制度的束缚和各种阻力，对教材、课程、教育教学方法进行了一系列大胆的革新，意气风发地开展了一场轰轰烈烈"为人生而教育"的乡村教育改革实验。

他自编学生教材，在国文教材中将白话文、新文学作品和乡土教材引入课堂；自掏腰包购买大量的中外名著以及《新青年》《新潮》等进步刊物，创办了博览室和利群书店。

"我决不将投到学校里来的儿童认作讨厌的小家伙、惹得人心烦的小魔王；无论聪明的、愚蠢的、丁净的、肮脏的，我都要称他们为'小朋友'。"先生授课，与古板的私塾先生不同，尽是挑有趣的讲。小孩子听得懂，明白了不少道理，所以当先生有事不在时，"就像丢失了什么"。

"我相信课本是一种工具或凭借，但不是唯一的工具或凭借……公民，社会，自然，劳作，这些功课的非文字的课本，真是取之不尽，用之不竭。"先生授业，不仅传授知识，更注重培养孩子的生存技能和人格完善。为了给学生传授种植技能，他办起了"生生农场"，与同事一道带领学生，在校园西北面的鲁望祠堂边，挥锄破土开出一片田地，师生一起种植蔬菜，一起分享劳动果实。为培养学生的经营能力，他办起了"利群商店"，销售学习用品和糕点食物，由学生轮流掌柜，感悟商业之道。

他倡议学校建立音乐室和篆刻室,对学生实施素质教育;在校园内搭建戏台,自编自导自演,每有新戏上演,镇上男男女女都赶来观看,比到乡下看草台戏还热闹。他时常带领学生拜谒陆龟蒙的衣冠冢,在陆龟蒙石碑和洗笔槽前,评价陆龟蒙揭露现实、哀悯农民的诗文。

在甪直,他开始了文学创作,在他租住的走马楼上,编辑了中国新文化运动史上的第一个新诗刊物——《诗》。他在甪直广泛接触农民,了解社会,创作了小说、散文、诗歌近百篇,著名短篇小说《多收了三五斗》、长篇小说《倪焕之》、童话集《稻草人》中的不少素材、社会背景、人物形象,都来源于甪直,来源于他在甪直执教期间的生活和教育实践。其中,《多收了三五斗》更是以甪直万盛米行为背景,揭露了谷贱伤农的社会现象。

甪直的5年,给叶圣陶留下了无法磨灭的人生印记。在这里,他和早年多有聚散的妻子,共度了一段恬静的小时光。1919年5月,叶圣陶的父亲去世。办完父亲的丧事后,于当年暑假,他把家从苏州搬到了甪直,和外祖母、母亲、妻子胡墨林,还有刚满周岁的长子叶至善,一起过上了平静的乡村生活。

家就安在了甪直东市下塘街的走马楼上。日常,他和夫人"晨晚到校返寓",颇有些柴米油盐的小幸福。

胡墨林在"五高"女子部任教,除教语文外,还兼教家庭生活课,讲授生活技能。她讲授的各种裁剪、缝纫技艺,很快就在甪直镇传开了。到了晚间,常有三五成群的姑娘过来串门,向她求教描花剪样、裁缝针织。如今辟作叶圣陶纪念馆的小学堂,东面有座"女子楼",就是胡墨林昔日任教之所;西面的"四面厅",周遭通畅明亮,是当年"五高"的博览室;旁边的"鸳鸯厅",便是叶圣陶当年办公所在。

白天一起在学校教书，夫人就在隔壁；家在小镇上，推开窗，便是小桥流水的风景；门口是小河，可以洗衣淘米；楼下是老街，升起煤炉就能做饭。这段恬静的小时光，再也没有走出叶圣陶的心里，正如他自己所说，"这里有我真正意义上的教师生活"，"甪直是我的第二故乡"。或者还有一句话，他不曾说出口：那些日子，有夫人胡墨林的朝夕陪伴。

叶圣陶的日记中，常有这样的话，"墨不在家，便觉异样"，"墨不在家，余则寂然无聊。"简单几个字，道尽了伉俪情深。在夫人逝世后，他曾有诗云，"山翠联肩，湖光并影……惯来去、淞波卅六，篷窗双倚，甪里苏州。"

到底还是忘不了姑苏，忘不了甪直。叶圣陶弥留之际，常常念叨清风亭、斗鸭池、高高的银杏树和生生农场。

1988年2月16日叶圣陶与世长辞。当年12月，先生骨灰安放进甪直。自此，他与甪直，这个"忘不掉的第二故乡"，再也不曾分离。

## 北方的狼，
## 曾经狂野少年

今天天气不错，江南的雨季暂时停歇了。找了一处依山傍水的地方，与朋友们喝茶聊天。聊着聊着，忽然提到那些年曾经走过我们生命中的港台歌手，忽然想起了，齐秦。

女人们说："我们这群美少女，都中过这个男人的蛊。"因为他披肩不羁的长发，他沧桑的面容，他略带嘶哑的歌声，他的歌声里有关流浪、成长与爱情的字句。

男人们却是沉默了，这个比我们大个十几岁的男人，他的歌声陪伴着我们人生的每个阶段，仿佛就像是我们自己生活的轨迹。

初次认识齐秦，是他在大陆发行的第一张专辑——《狼》。那时候我们都还小，应当是20世纪80年代末期，内地的娱乐活动不多，穿喇叭裤还被视为流氓。海报上，齐秦一头披肩的长发，略带忧伤的脸庞，成为我们渴望却无法触及的叛逆少年形象。

后来有机会采访到齐秦，问到这首歌的创作。他说，狼是一种经常被人误解的动物。如同他少年时因为替人出头，被送进少年感化院3年，那种不被人理解的委屈。但是，狼又是一种不屈的动物，犹如他当时的挣扎。从感化院出来后，受姐姐齐豫的影响，他决定要当一名歌手，到一家家餐厅去推销自己，不断被拒绝，不断去努力。

《狼》里面的齐秦，声音苍凉，甚至带着撕裂般的吼叫。

我记得第一次听到的时候，大概是小学四年级。那一年，我的成绩开始下滑，不再是父母和老师眼中的宠儿，更因为在厕所外捡到女生掉落的本子,追进女厕所,被校长看见,告状到家里,说我在学校耍流氓。

那样无法去辩驳的委屈,那种渴望远离每天被斥责的环境,让我在听到这首《狼》的时候,仿佛找到了一处可以出声的地方。

等到初中即将毕业的时候,我的成绩已经是十分的不堪。其实那个时候,港台歌曲已经有了更多的选择,张雨生、陈百强、张国荣,纷纷走进我们的世界。只是我依旧喜欢齐秦,因为他的《外面的世界》。

初二的时候,我那个脾气暴戾的班主任,因为误会我上课讲话,而我又不肯认错,他一把揪起我的头发,摁着我的头往墙上撞。此后,对于老师,我再没有尊敬。如同我现在不断被人称呼为老师,我感觉不到那种敬意,似乎更像是强烈的讽刺。

我对老师充满了呕吐般的强烈排斥,我自觉地排斥着老师在讲台上的声音,每一门功课都糟糕得如同一坨屎。每次带着不及格的试卷回家,我的母亲拿着厚厚的塑料凉拖打我打累了,我依旧拧着脖子说:"你让我去打工,自生自灭好了。"

没有人相信我这样的人会有什么出息。每天沉默着去上学,沉默着回到家里。父母打也罢,骂也好,只会增加我的沉默。我只想逃离,去往一个我所憧憬的外面的世界。

马马虎虎考了一所最不被人看得起的高中,偏偏迎来了我的初恋。我的同学常常误会那个时候我暗恋同班的谁谁谁,其实是毫无依据的。我的女孩在遥远的北方,我母亲同学的女儿。只是有点滑稽,那个女孩子才是个初中生,而我即将高中毕业。

我们通了几次书信,很隐秘的,特意嘱咐对方不要寄到家里,不要把信带到家中,但终于还是东窗事发。其实,懵懂的我们还是不懂得如何掩饰甜蜜。

我几乎在家里无地自容,似乎是做了一件见不得人的事,活着都感觉丢脸。假如当时社会上流行恋童癖这个词语,我相信,我会毫不留情地被打上这个印记。直到后来,遇上比我小10岁的妻子,我都有点惶惶然,踌躇和彷徨了许久。

那时候,总以为爱情是坚贞不渝的,我坚信我的女孩会陪着我一同走过风雨,在某个时刻等着我,等着我去把她娶回家。懵懂的情事,以及当年想见又不得见的相思,在一个个夜里,一遍遍播放随身听里齐秦的《大约在冬季》,流泪到天明。

就这样长大了,突然一夜之间,感觉自己长出了坚硬的翅膀,可以飞翔了。真的是一刻都不想停留,赶紧飞,飞出去,飞得越远越好。

外面的世界很精彩,外面的世界很无奈。

第一份工作是推销保险。第一次敲开别人家的门,口干舌燥说了半天,人家提出要看身份证。

"你是浙江人?"主人一脸诧异,紧接着往外轰,叫骂声回旋在楼道里,"浙江专门造假货,你也是骗子,给我滚出去!"

敲开第二家的门,男主人刚跟女主人打了一架,开门的时候,男主人脸上怒火冲天,屋内一片狼藉,开口报了自家身份,男主人一记老拳砸向胸口,"滚!"

3天3夜没有吃过一粒米,躺在郊区的出租屋里,老天偏又下起雨来,本就是农民家的柴房,雨落在床上,没有一块地方是干的。第四天上午,坐在南京农业大学的自习室,和我一道复习准备参加高考的小李,终于察觉到了我身边的黑白无常,好心给了我十块钱,救回一条命。夜里,听着电台里齐秦的《火柴天堂》,我哭了个稀里哗啦。

还有以后的爱情,打拼,还有千帆过尽之后的淡然。《无情的雨无情的你》、《痛并快乐着》、《往事随风》……

我的朋友们看着我,不忍打断。等到所有人都泪眼婆娑的时候,我们相互拍了拍肩膀,笑着说:"他妈的,我们不都活得很好吗?谁也打败不了我们,我们这群杂碎,嚼不烂的!"

晓雪姑娘打开了手机里的音乐,竟是齐秦《张三的歌》。

我们不再说话,湖光山色,现世安好!站在人生的分水岭,往事一切已经随风,剩下的,只有对生活的感恩。

闲看浮云，
你念经我喝茶

前些日子，宽觉法师留言，"有时间来寺里喝茶。"

恍然一惊，距上次去三峰寺已近一年。当时还跟法师说，要写尽寺院的春夏秋冬。出家人不打诳语，我却诓了出家人一把，实在是罪过。但以我散漫，打白条之事颇多，想来法师远超红尘，自然不会由此怨我。只是，忍不住存了心结，是该找个时间去会会故人，清闲半日时光。

三峰清凉禅寺地处常熟虞山第三峰，为唐前古刹，当年规模居常熟诸寺院之首，共有1000多间房舍，与杭州灵隐寺、宁波天童寺同为近代禅宗祖庭。寺西南有万松林，层峦叠翠，万松连云，古人在寺前题联云："长啸一声山鸣谷应，举头四望海阔天空。"寺内胜迹众多，有寂照堂、翁相国读书处、法华古钟、六朝古松，其中"三峰松翠"为虞山十八景之一。

若为赏虞山之景，我却是兴致阑珊。虞山奇秀，曾令写过《浮生六记》的沈复，途经此地时，虽潦倒靠借贷度日，仍旧盘桓数日，及至盘缠散尽方才折返。但我自小生活于大山，这海拔尚不到300米的丘陵，实在不足挂齿。

以为我会去寺庙听法师说法吗？我可没有这般耐性。生平最怕一本正经跟人讲话。最好的相处，莫过于各自坐着，看看风景，闲淡几句，既不过分热情，也不冷清。

我只想去三峰寺喝上一盏茶，闲坐看浮云。这茶，必得是虞山之巅，剑门所产碧螺春，受了山间云雾的滋养，佛国梵音的熏陶，自然妙不

可方物。

喝茶入禅林，更需天凉好个秋。选个清晨，漫步虞山深处，林间润泽有草木清香，鸟雀在氤氲的雾气中唧唧啾啾。初升的辰光透过密林，落在窄长蜿蜒的山路，斑斑点点，犹如音符洒落，天籁绕耳。

世间法，出世与入世，修自己或者度众生，本不矛盾，是色是空，唯心所现，唯识所变。

我不去思索何为禅，何为佛。我且管听大雄宝殿里梵音袅绕，塔楼檐铃叮咚，闻院外松涛阵阵，看风扬茶烟浮竹榻，水流花瓣落青池。最妙莫过于，于树荫婆娑处，听闻法师"禅余高诵寒山偈"，看他饭后浓煎谷雨茶。

至于和尚有无这般闲情，随缘罢了，我自顾吃茶，若无聊，挪于池边坐石数游鱼。他供他的阿弥陀佛，我做我的闲适人，各不相妨。

喝罢茶，净了肚肠俗垢，请三支香，以供佛、法、僧，不求荣华富贵，但求国泰民安，算作功德一件。随后可游览佛国佳境，可于禅堂抄写经文，或可发呆，至中午，食一份虞山特色蕈油素面，抚肚而归。

及至出了山门，回首处，见峰峦罗列，众峰默默。唯有身上弥留的檀香气，齿间余存的碧螺香氛，似得了在这世间继续浮沉的滋养。行笔至此，不禁盼起秋凉来。

*一坞茅蓬，*
*刀光剑气惊天*

    姑苏城西有一山，名曰穹窿，顶峰海拔仅341.7米，却有剑气弥漫。不要惊讶，此地就是春秋时期著名军事家、政治家，被誉为"百世兵家之师"的兵圣——孙武子的隐居地。在这里，兵学圣典《孙子兵法》十三篇横空出世。

    穹窿山虽不高，却也为太湖东岸群山之冠。《尔雅·释天·注》，"天形穹窿，其色苍苍"，因此可引申为天，可见其气势非凡。而我更愿将这穹窿山比作一件兵器。仰望可觉华盖遮日月，恰似抵御攻击的盾；登顶可见剑锋凌厉，笑傲江湖。

    孙武子隐居之地，名曰茅蓬坞，位处穹窿山东岭的一条深坞，地势平缓宽阔，坞中古树翠竹，遮天蔽日，山泉淙淙，终年不绝。

    在山中九转十八弯，上得石桥，方见一处青石铺地，白墙茅棚的院落。此地便是孙武草堂了，是孙武子读书隐居，写下千秋伟业的起点。穿过院子的竹篱笆，是一泓源出绝壁的清泉，淙淙泉水日夜流淌，掬一捧入口，清凉甘甜。相传孙武子日常就以此泉水烹茗待客，与友饮茶对弈畅谈天下大势。

    在这个平日里除了鸟雀和鸣之外，清静得没有一点人间喧哗的山坞，只有耐得住寂寞之人，方才能寻得乐趣。

    寄情山水之间，最大的收获莫过于智慧二字。这如兵锋的山，这如剑气弥漫的竹林，究竟给了孙武子多少的启发，也只有身在此间之人，才能领悟。

一个胸怀天下之人,不但要有出世之心以明智,也要有入世之心以济世。《孙子兵法》并非凭空而得,若不入世,终究只是纸上谈兵,闭门造车或可怡然自己,用于济世,却是笑话了。

　　这穹窿山恰又是入世、察世的最佳地。当年吴王选择穹窿山麓建立吴都,背依穹窿山这个军事制高点,加上四周群山上的烽火台,构成了进可攻、退可守的坚固防卫体系。

　　距主峰笠帽峰十余米的山坡处,有一个自然形成能够容纳十多人的小山洞。站在这里极目远眺,可见远处泱泱太湖,烟波浩渺;近处

河网密布，船帆点点；山下田陌纵横，谷浪飘香。如果用在军事上，这里是监视太湖水面和整个吴都的最佳瞭望哨。身居茅蓬坞的孙武子，沿着樵夫走过的山路，不出几里就可到达太湖之滨；出坞口，几里外就是吴都宫苑。

选择在此隐居，一边躬耕自作，研究兵学，一边观察吴国的政治动向，真是再合适不过了。

有才学的人一定要走出去吆喝，不吆喝无人知你深浅。如这雨后的山间流水，涓涓细流顶多算作雅趣，一旦奔流夹杂着山石如同虎啸，闻之则天地动容。孙武子志在天下，在茅蓬坞结交天下名士，伺机而动。最终等来了伍子胥向吴王阖闾举荐的机会。

不要抱怨你的怀才不遇，孙武子这等奇人，伍子胥还向阖闾举荐了7次，人家才马马虎虎答应见上一面。上天自会垂青有准备的人。走出穹窿山，走出茅蓬坞的孙武子，一旦抓住机遇，一出场便令天地日月萧瑟，西破强楚，北威齐晋，南服越人，显名诸侯。

身怀济世武功牛擦擦的你，何必去那华山，看那老和尚跟尼姑比剑？来这穹窿山感受一番天地之神奇，来这茅蓬坞领略一番孙武子卧冰尝雪不改初心的坚守。我相信，当你走出这座山，走出这茅蓬坞，一定是浑身充满了剑气，此后仗剑去行天下无敌。

山里桥棚，
等着故事经过

秋水沁凉，苔痕锁幽径，秋雨淅淅，山路迟疑，又是一季秋老去。村口老银杏，抖落一身披挂金甲，任逝水东流。桂花的香氛，弥漫庭院，已是霜降，青山依旧，如黛。游子归来，不见堂前旧时燕，徒怅然。涧水潺潺，可知我心？涧水涓涓，可解我忧？

忽闻乡音浓，虽说是故人相逢，却见他鬓生白发，左瞧右看，难辨当年模样。唯有那桥棚，还是旧日晨雾里，抓着祖母的手，去山里劳作时的老光景。这桥棚，比我故去多年的祖母还要老，翻一翻《奉化县志》，光绪还羸弱的年纪，这桥棚就在了。

我的太公，曾在这桥棚，钓过溪涧里的鱼吧？我的祖父，曾在这桥棚，售卖过家里吃不完的菜蔬吧？我的父亲，曾在这桥棚，遇见我的娘亲，倾诉过衷肠吧？而我，曾在这桥棚，用五分钱、一两的粮票，换回一张葱油芝麻烧饼，囫囵了孩童的味蕾。

桥棚不长，横跨锦溪，10米有余，共有两座，据守溪涧上下游，是两岸乡亲走动的必经之途。清·光绪《奉化县志》载："上下二桥棚，县西北六里外应，日岭之水出义让桥、经此达锦带桥。"

祖上仁义，族风淳朴，义让二字做桥名，想来曾有一段典故，未及询问族中长老，徒留遐想。

先祖承帝王血脉，诗书传家，经国济世、福泽乡土，故此又有锦带之桥名。恍惚记得，祖父曾说起明永乐年间，进士太公伟绩，故去时有皇帝御赐，想必此桥与他有关。

上桥棚乃义让桥,有廊屋六楹,中间三楹,中梁上书"癸亥辰时员木大吉·十月初十"字样,北向二楹,其中一楹兼作岸路通道,南向一楹作成围屋,山墙开门,向上连接日岭古道。

下桥棚即为锦带桥,距上桥棚约百米,上架桥屋四楹,木柱承立,黑瓦覆顶,南向一楹外立面作山墙状,中间开门,另三楹在桥上,中梁有"癸亥拾月初十员木大吉"字样。

桥棚见证了一个多世纪的风霜雨雪，承载了数代应氏子孙的脚步，后世之辈虽多有远行，梦醒他乡，终难忘故土的桥棚。

应氏远祖多有颠沛，据《奉川乌峰应氏宗谱》载："应氏出自周朝姬姓，周武王四子名韩，封于应地，遂为氏，韩为应氏一世。至七十一世公仁，由宁海梅林徙居奉川乌峰（今日岭外应村），为外应村应氏始祖。"

今年初秋，村里举行修谱圆谱大典，海内子孙齐聚，耄耋老者站在桥棚，泪洒乡愁。

而我也是渐行渐远，从少年到不惑，人生已入秋，虽未有以慰祖上光大门楣的成绩，终究也不敢忘却刻在宗祠的祖训：

子孙处事，须要恭敬尽礼，出入有仪……只宜耕读为本……为儒者，当埋头书案，猛力着鞭，毋差过时光，有名无实，蹉跎时光……

虽是秋已老，更待来年春。在这桥棚再走上一遭，此去一路风尘，依旧壮志在心头。

> 山野江湖，
> 只是你来我往

姑苏有山便有庙。城西的弹山，默默无名。山上的石崂庵，更谈不上名刹。但于我印象，石崂庵颇为符合姑苏隐士的格调。这格调，退可寂静无声，进可挥斥方遒。

中国古代的士大夫，一旦仕途不如意，喜欢以退为进，入山野与清风明月为伴，一副世界弃我我也不与你苟合的姿态。实则是韬光养晦。你去翻翻史料，这些所谓隐士，或寄情山水，或著书立说，胸中却从未忘却江湖。一旦有诏书到，哪一个不是涕泪满衣裳，恨不能插了翅膀，飞到那金銮殿，跪舔在皇帝脚下，感念"皇恩浩荡"，更胜那小儿，于圣面前卖个萌、撒个娇。

石崂倒不俗，没有那腌臜货色，糟践了这一山的葱翠。岁月枯荣，也就是几个和尚来来去去。

到石崂的那天，恰逢二十四节气的小雪。虽是初冬，却晕染着春的色调，入山的小径翠气溶溶，两侧果树渐已枯老，茶园却是满目芳菲，白如冰骨的茶花，开得正艳。偶有一株红枫，从山间斜刺出来，一树的橘红，恍若禅机。

山门有些破败，透过门洞，山径两侧的树，守着荒诞的季节。枯叶子架不住风摇，一片片坠向地面，枝干上翠色的叶脉，又在阳光下，生机毕现。过了山门，兀然回首，惊诧那一抹抹橘红，在晨雾中弥漫，今生前世纠葛在一起，分不清今夕何夕。

山腰的竹林下，有一间凉亭，供着一尊佛像。凉亭的围栏前，端

坐一位和尚，络腮胡跟他刚长出的新发，像是一道圆箍，箍住了他的戒定慧，纵然我这凡夫俗子在旁，弄出些许声响，也不见他抬头看我一眼。

这和尚好生奇怪，人家临摹佛像，都用画笔颜料，唯他却是一杆圆珠笔。阳光达不到他的身体，从竹林浸蔓而出的风，倒是萧瑟得紧，一片落叶覆住了画卷，他的手指轻轻一拂，跌跌撞撞飞向亭外的龙泉。

那是一口井，幸得有锈迹的铁锅覆盖，那落叶受了阻力，在锅上撞了几个来回，兀自不甘心在地上翻滚了几圈，终究耐不得这寂寞，由着风送它远去了。

竹林有笋冒尖，拱出一个个泥冢，山径的阔竹上悬了一块木牌子，朱红的字写着"寺院竹笋、严禁偷盗"。忽觉现在的和尚，满眼的利禄，沾了佛祖的光受惯了供养，少了慈悲，令人忍不住生厌。

其实也是我洁癖般的完美主义作祟，他念他的阿弥陀佛，心里慈悲不慈悲，与你何干？就如归隐的士大夫们，明明怀念"旧时王谢堂前燕"，嘴里却酸溜溜念叨着"无丝竹之乱耳，无案牍之劳形"，自以为"心怀天下"，偏偏又是一副势利眼，说什么"谈笑有鸿儒，往来无白丁"。

心里埋汰着古人，不觉已至石崃庵前。庵堂正在翻新，那些拆下来的结构，已经朽烂不堪。唯有残存的石雕，浮着历史的年轮。

石崃庵，始建于元末，为三间两厢砖木结构，因山构室，地势险峻，有"凿石架危楼"之称。明代文徵明、赵宧光、李流芳，清代陆润庠、张大绪等名人雅士，都曾为石崃庵题写过匾额。明嘉靖年间，杭州绍庆寺养素法师于此修建留余庵，属绍庆寺下院。清初，无声禅师居此，绕庵种枇杷数十株，并栽修竹隐蔽之。禅师圆寂后，渐废。

抗战时期，脱尘禅师看中此山清雅，又见殿后山崖有一泉，清冽甘芳，岁旱不竭。故于此重修石嵝庵，并将山泉命为"余留泉"，乃饮之余和留我在此之意。

石嵝庵现存民国建筑数十楹，院中数株芭蕉，一架紫藤，若去掉供奉的佛像，倒更像一户书香人家。庵左侧有株明代木香，攀缘在一株古槐树上，高三丈有余，可以想见，待到花开时节，那银白簇拥，定是花香袭人。

庵前高埠有万峰台，相传江南四大才子之一的唐伯虎，常于此赋诗作画。未登台之时，我揣测这万峰的来意，百思不得其解，及至登顶，南望太湖，浩渺雾漫，远帆无尽，太湖七十二峰尽收眼底，方觉此名甚妙。

《光福志》描述万峰台的景致，说，"当仲夏之际，登此台者，览桃李之皆花，闻鸟声之迭和，漱泉枕石，翠竹四围，物外之景，顿忘身世。"

而我此刻却见那遍野的梅香正在酝酿，心里思量，待到雪花漫天飞舞时节，再来登临万峰台，踏雪寻梅，汲山泉烹茗，强拉了那山腰画画的和尚，呼喝"来来来，干了这一碗消愁的茶"，何等快哉！

下山时偶遇当地村民，听一老者说起，这万峰台，旧时为邓尉探梅必到之处。回望山峦，不禁盼着下雪了。

## 莲落人间，
## 独酌清风明月

前两天，有好友晒了一组莲花岛的景色，顿觉苏州的暮夏不可方物。

莲花岛位于阳澄湖西湖、中湖、东湖中心，面积约3平方公里，因其形似一朵盛开的莲花，故此得名。我曾多次登岛，乘坐农家渔船，碧波千里，在养殖大闸蟹的围栏间穿梭，熏风带着水汽，温润清新。

岛上200余户人家，日色阡陌，柳溪梅亭，石桥小舟，一如寻常江南。田埂河畔，有男子荷锄劳作，女子浆洗衣裳。

湖上渔船忙碌，汉子立于船头，撒网放歌，湖畔淘米洗藕的年轻阿嫂，听出是自家男人的音调，忍不住应和几声绵长的情歌，引得一众女子调笑。

觅一户人家，散碎银两，租得两日闲住。一壶清茶，两盆瓜果，坐于农家庭院，从日出到日暮，看流云飞鸟，怡然自在。风拂过庭院，花木芬芳，飘散于潮湿的空气里，所有浮华，皆关于门外，唯愿时光缓慢流淌，一个人坐到地老天荒。

尚不到品蟹时节，却已忍不住吟起"一腹金相玉质，两螯明月秋江"。《元和唯亭志》记载：河蟹"出阳澄湖者最大、壳青、脚红、名金爪蟹、重斤许、味最腴"。阳澄湖清水大闸蟹，位尊天下第一，素有"蟹中之王"的美誉。只待丹桂飘香，看农家院外秋菊繁茂，便是蟹美膏红时，持螯把酒，坐听莲池荷叶婆娑，邀三五好友，吟诗赏景，岂不快哉！

却莫道此夏无趣，邀你去湖岸看画。80亩稻田，彩色禾苗依形而作，依时而长，此季正好。站于3米高台眺望田园，呆萌的小猴子，张牙舞爪的大闸蟹，牛郎织女鹊桥相会，一幅幅美轮美奂的天然之作，在油绿的稻田间，随风灵动。更有曼妙女子，裙裾飞扬，供她眼中的那人欢喜还不够，更要撩拨起群舞的白鹭，妖娆了天地。

暮色西沉，村庄炊烟弥散，主人家早已布好酒菜，唤客入席。湖岸人家，鱼虾自是不断，莲藕水芹更是清爽入口。归鸟唧啾，蛙鸣阵阵，一杯老酒，邀仙子共酌，迷醉人间风月。

却听二胡声幽，竟是古调词牌，有客赞叹，老爹更显兴致，谦虚肚里缺少墨水，这一曲还是从祖上听来，强记了数十载，恐怕走调。此位老爹，素喜垂钓，无论风雨天晴，携一壶茶、一根钓竿，一个竹篓，木舟岩石，驳岸草丛，席地而坐。

去则一个下午，时有满载而归，也会空手而返。饭桌上，老伴数落，明知无鱼，这般毒日头下呆坐一下午，真是痴了傻了。老爹自斟自饮，笑言，钓不到鱼，还可以钓白云清风，荷香蝉鸣。心下暗叹，这老爹真真至雅之人。虽未曾目睹他独钓寒江雪的自在无争，仍可度其隐士风骨，因而日间更多亲近。

老爹常说，喝自己酿的米酒，吃自己栽种的蔬菜，配几碟自己钓的鱼虾，老妻在侧，儿孙满堂，这是多大的福报。他曾谆谆教诲，"开开心心过一天，愁眉苦脸也过一天，不与旁人争高低，有权有钱，不如一个知足自在。"

你看沧海横流数千古风流人物，今昔又何在？世事纷纷扰扰，莫如做个山野村夫。养一池的莲，留待残冬听雨声；种一树的梅，煮一壶酒，与有趣的人围炉夜话；栽一山的茶，守着娴静岁月，但看花开花谢。

> 魂归来兮，
> 笑迎故人依旧

　　山村里的人家，家家都有山林。我家的林子，在大山里头，要沿着穿村而过的溪流，一直向前，走到流水的尽头。

　　那时年幼，在母亲教书的课堂，猴子屁股坐不住，或是吵着要吃零食，或是哈欠连天与周公为伴。母亲嫌我扰乱课堂秩序，打骂无效果，只得送回山村，交由祖父母看护。

　　天刚蒙蒙亮，就被祖母轻轻拍醒，"阿囡，阿囡，阿爷要去山里了，侬要跟去的吧？"

　　昨晚听祖父说起山里许多趣事，吵嚷着要跟着去。得了许诺，一夜遐想，兴奋地睡不着。此刻，却是困得睁不开眼，胡乱点了点头。祖母见我应声，折身去做早饭。谁知我又睡着了。后来，迷迷糊糊听见祖母跟祖父商量，"要么，侬自己去？"

　　我竟完全醒了，吵嚷起来，"我要去的，我要去的。"

　　薄雾还笼罩着村庄，走动的人不多。祖父牵着他的水牛，我拽着牛尾巴，半闭着眼睛，走几步，跌绊一下，睁开眼醒了，跟着再走几步，又把眼睛闭上了。祖父发觉，笑个不歇，干脆把我抱到牛背上，叮嘱，"抓住了，不要跌落来。"

　　我抓着牛的两只角，在牛背上摇摇晃晃，睡得安稳。出了村，牛却不耐烦了，晃了晃脖子，竟把我晃了下来。摔得疼，又似受了天大的委屈，赖在地上放开喉咙哭。

　　祖父用竹鞭作势打了牛几下，牛知了错，低下头，拿鼻子来蹭我，

"哼哼"喷出两道白气。

平日里,这牛是我的玩伴。夏天河塘里戏水,村里的野孩子欺生,将我淹在水里,老牛扑通跳进水里,拿牛角去顶那些孩子。看见祖父抽打老牛,我又不愿意了,赶紧起来,央求祖父饶过牛,继续赶路。

离村庄越来越远,太阳还没出来,远远听着身后鸡鸣狗吠,此起彼伏。"阿爷,山里住着神仙吗?"我望着前面延绵的山,问祖父。

"有啊。"

"那我怎么没看见?"

"一会儿你就看见了。"

太阳爬上树梢的时候,就到了自家的山林。祖父把牛留在山谷,那里有一小块水塘,长满了青草。林子里有几块田地,种着水稻。山村耕地极少,稍有平地,都要懂得利用。

祖父在田里拔除杂草,我忙着捉鱼摸虾,一身泥泞。祖父宠溺,又无洁癖的母亲在旁管束,十分惬意。

忙了一个上午,祖父拔完了田里的草,我也逮了一竹箩的鱼虾,还有十几个乒乓球大小的田螺。鱼虾用来喂食家里下蛋的鸡鸭,田螺自然是我的下饭菜,祖母会用腌雪菜的卤汁烹煮,鲜美多汁。

休憩时,祖父捡来干枯树枝起火。树枝烧成了炭,不再有火焰冒出,放上一口旧的钢精锅,投入早晨带来的饭菜,便不管了。

祖父带我去看了看山谷里的老牛。它吃饱了草,躺在水塘里打盹。听到动静,转过头来望了望,"嗨哞"叫了两声,算作打了招呼。

撇下老牛,又往林子里去,祖父一路细细查看。或有几朵蘑菇,采了下来,祖父说,"这是土地公公犒赏阿囡的,等会做个汤。"

偶有野果,祖父攀树摘来,递与我,"土地婆婆好喜欢阿囡,送塞货(零食)来了。"

又闻得我一阵咳嗽,祖父紧忙四顾望了望,采了一捧细细黄黄的花来,给我看了又塞进口袋,说,"这是金银花,是观音菩萨给阿囡的,等等泡水阿囡喝了,就不咳嗽了。"

祖父说,这山间的一草一物都有神灵看护,我们的一举一动,神灵都看在眼里。我四下望了望,顿觉这寂静的山林,长出无数双眼睛来,不由紧拽了祖父的衣角,再不敢乱走一步。

像这般时节,进入冬令,正遇冬笋萌发。山林多毛竹,沿着山腰密密生长。蹲下身去,从底处望向高处,有微微隆起的土包,正是冬笋破土的迹象。祖父一锄头轻松落土,一挖一撬,一棵金黄的竹笋破土而出。

却不是每个土包都要撅取,有时土包一个挨着一个,祖父偏要绕开几处,我一个个指点,"这里!这里!"

见祖父不搭理,我就蹲下去,用手去扒。祖父停下动作,把我从地上拉起,掸走我裤腿上的泥,摸了摸我的脑袋,"阿囡,挖笋不能全都挖掉,要留一些长竹子的。"

转遍竹林,祖父只挖十株冬笋,一边收拾着离开,一边嘴里念叨着,"够了,够了,够吃就好了。"

后来稍稍长大,祖父教诲,做人不可贪婪,譬如这冬笋,既要留着长竹子,又要给没有竹林的人家留点口福。山里作物有大年小年,若遇小年收成少,祖父更加不肯采收,"菩萨保佑我们有吃有喝,都拿走了,菩萨也会不开心,就要惩罚你没吃没喝。"

这般的经历,让我自小对神灵都有敬畏。自然,因了祖父的教诲,这几十年生活,我倒也未曾有过贪婪,也是祖宗的护佑吧,即便几次遭遇诽谤,总能还回清白。

外出漂泊的时候,祖父尚健在。当年,总以为能够时常回乡,聆听教诲。不想才过几年,祖父竟因劳作过度,年过七旬就离世了。我常感叹,祖父无福,未曾受过我的孝敬,未曾见过重孙。但回了村里,乡亲们提起祖父,总会说,"侬阿爷是个好人,一辈子笑眯眯的,像个菩萨。"

明年,祖父100岁。家乡的风俗是,离世的人,到了一百岁,此后就要归天,而后返世投胎。我相信,家乡的这片土地,这片山水,会热烈地迎接他的回来。

万水千山,只是去过此地方

肆

## 烟雨廊桥，十里春色逶迤

雨季的江南，像极一位素淡的少女，简朴的衣衫，难以遮挡眉目的含情。绿的叶、红的花。这绿，却不艳丽，红，也不彻底，仿同颜料掉进了水里，层层晕染开去。古老的运河，从眼前蜿蜒而过，一片广玉兰的花瓣，在倒影的亭台楼阁之间穿行，恍若那些浮华的历史，越过千百年的风尘，扑面而来。

蹲坐河埠头浆洗的老妇，踩着湿滑的青条石，木槌棒打着衣衫，慌张了驳岸边觅食的小鱼儿，一阵打转，又似一支飞箭，掠着水面，咻地躲入暗影之中。雨，不曾停歇，密的如同蛛网，罩着天地，每一个经过的人,里里外外感觉湿透了一般,却又似醇香的酒沁入每一寸肌肤,令人欢愉地沉醉。

这样的雨季,到江南,到黎里古镇,却是不用打伞的。古镇十里廊棚,临河逶迤两岸,遮蔽了风雨。

有时候,江南更像一个任性的孩子,黄梅时节连绵阴雨,夏季常有台风侵袭,酷暑的烈日能够晒脱几层皮,冬季的西北风夹杂着冰珠雪花。

廊棚,让生活其间的人,少受了几分自然的狰狞,多了几分闲定驻足欣赏风月的雅趣。廊棚依河而建,旧时大都由临街的商家出资,既能让过往行人遮风挡雨躲太阳,也是为了招揽生意,吸引客人停留歇息。

这里的老人却说,这是老祖宗行善的证据。南宋以后,江南的丰饶物产,加之河道交通便利,黎里是商贾云集的繁华集市,往来客商不绝,也少不了落难之人,逃难行乞至此。旧时行乞有个规矩,即便主人相邀,也不得进入人家屋内。千百年的雨水滋养,不但孕育了江

南人感恩天地之心,更造就了江南人心细如发的细腻性格。见不得落难之人的可怜,干脆依着自家屋檐搭个棚子,在地上铺上草荐,供沦落之人夜间暂歇。

凡有廊棚的地方,旧时必定开设有店铺。姑苏自古"闲地少",由于人烟稠密,又善于经营,此地沿街门面多数用作商业。久而久之,古镇上的廊棚就形成了规模,建造也趋于固定。遗留至今的廊棚均为砖木结构,形式多样,分为披檐式、人字式、骑楼式,以及过街楼,不一而足。家家户户搭建的廊棚接连在一起,就形成了逶迤不绝的廊街。

廊棚的宽度依照河道的宽窄而变化,顺着街道的走向而逶迤,参差有致。临河的一侧宽敞开放,两岸的视线没有阻隔,人在廊街下行走,对岸的景致尽收眼底。遇到熟人隔岸对话,无须高声,依旧是糯到酥软的吴侬方言,慢声细语,河水阻不断交流。

江南的人,吃得了辛苦,也懂得享受。会生活的人家,在建造廊棚的时候,往往会在临河的一侧做上一排美人靠,闲时看落花流水,一壶茶、一本书,任凭时光慢慢流淌。更为讲究的人家,中间再搭建一个亭廊,安上一张石桌几方石凳,呼朋唤友,围坐喝茶、下棋聊天,好不惬意。

到了天黑,店铺多不开夜市。善良的江南人懂得,与人方便就是于己方便,通常会在廊下挂上一盏宫灯,为过路人,也为河面的行船照明。一盏盏灯火,宛如长龙,倒影在河面,流光溢彩恍若银河爆炸,延绵十里。这夜,由此也变得温情起来。

## 一等风流，
## 小桥流水人家

姑苏多小巷。如果没有小巷，姑苏自是少了几分柔媚，几分婉约。然而对于姑苏小巷，却是没人说得清，更无法用一个名词来形容。

小巷的甬道用青条砖铺砌而成，即便是在雨天，走在上面也不会湿脚。一条纵向的巷子连着许多条横向的巷子，横向的巷子，又割断了另一条纵向的巷子，虽说只是简单的井字形，但初来乍到的外地人，还是会不小心迷路。

晚唐诗人杜荀鹤在《送人游吴》中写道，"君到姑苏见，人家尽枕河"。苏州古城街道的格局，大都是中间为河道，两边是街巷，称为上塘、下塘，民居通常前门沿街，后门临河。

盛年锦时，河道内载货的船只往来不绝，咿呀的摇橹声日夜不歇，茉莉、白兰花馥郁时节，贩花的船只驶过，一河的芬芳逸入万户千家。

小巷狭窄幽深，两侧粉墙黛瓦，边角多造景，藤萝高挂、树影婆娑。从民居洞开的院门往里窥探，也是别有风情，或植满园花草，或是几盏盆景迎门置于青石台上，清幽不俗。

午后的小巷是宁静的。屋外僻阴处纳凉的老人，坐在说不清年月的旧藤椅上，打着瞌睡，不时举起手里的蒲扇，轻轻地摇上几下。偶尔，某个门洞里飘出苏州评弹的吴侬软语和弦索叮咚，令人恍惚今夕是何年。

到了傍晚，小巷突然地喧闹起来，似乎整座城市的声音都涌了进来。两侧的空地停满了车子，依旧还有汽车进进出出。总是让人提心吊胆，害怕磕碰了民居的窗子，街角的树木或是假山石。能在小巷自如行驶的司机，个个都是武林高手，明明看着车厢已经贴着屋檐，却听油门轰响，一道灵巧的弧线，车与房子各自舒了口气。

大抵是我承受力太差，住在小巷里的人却习以为常，骑着自行车、电瓶车，在狭窄的空间游刃有余，住家照样在屋外支起小方桌，摆上饭菜，围坐吃饭。

到了夜间，小巷内的车辆终于消停。固定在电线杆上的老式街灯，昏昏黄黄地照着地面，吃过夜饭的居民，三三两两出来闲逛。小巷里的住户大抵是相熟的，点头轻笑或是偶尔驻步闲聊几句，随后各自去寻乐趣。久不见面的，老远就喊起来，"徐家姆妈，好多日脚不见哉！"

热烈的情绪就会在小巷深处，延绵一阵子。

苏州的小巷几乎和苏州城同龄。拿出最古老的苏州城市地图——宋代的《平江图》做对比，你会发现，古城区内众多的街巷几乎没有变动过。2500多年的光阴里，有多少故事沉淀在小巷里，谁也说不清。

姑苏自古风流地，历史上众多名人雅士，都喜欢在苏州小巷深处，觅一处安静的小筑，作为人生最美的居停。文丞相弄、叶家弄、三元坊、大儒巷，小巷处处弥散着静谧、深藏不露的书卷之气。

余光一瞥而过的某个院落，或许已有几百年的历史，斑驳的粉墙，墙头上悬垂下来的古藤，精巧的砖雕门楼，有着深深绳槽的石井，色彩斑斓的花窗，究竟演绎过多少的悲欢离合，多少的爱恨情仇，无人说得清，无人道得明。

姑苏的小巷，就像是一位历经世事沧桑，却安之若素的老人。而我们只需看看老人脸上密布的沟壑，心底不由地就会感到踏实。小巷还在，姑苏就还在。

## 误闯深山，
## 撞破一涧春色

此刻，我坐在农家酒酿坊唯一的一张椅子上，看着外面的天光渐渐隐淡。漂亮的老板娘不在店里，她的照片贴满了墙面，风尘仆仆周游列国的印记。

货架上摆放着杨梅烧酒，不到 10 平方米的空间，被绿植和各色女子们钟情的小摆件占据。想必是老板娘旅行时带回来的物件。不吝将自己的钟爱与陌生人分享，这女子该是怎般有趣之人。

却是无缘相见。边上烧饼铺的掌柜说，酒坊的老板娘一年也不见露几次脸，客人若要喝酒，自己从酒缸里沽取，给多少钱，甚至于不给钱,都随客人心意。

店铺小得只能挤进去三四人,座位仅有一个,陈旧的松木矮几,附着流年的小竹椅,时光仿佛在这里静滞,一秒都不曾前进。窗台上的一盆子持年华,缠绕了一根蛛丝。

斜阳的余晖,在抬眼可见的山峦停留了半个时辰,除我之外,终究没有一位眷顾这个昏暗的小店。似乎很少有人光顾这个大山环绕的古村落,纳凉的男女老少,对于我这个不停举起相机,不断对着他们摁下快门的旅者,憨厚地笑着,即便方才正在斗嘴的两个汉子,也不好意思地朝我点点头,各自笑着走开。

一条自深山流淌下来的溪流,将村庄隔成两半,依水而建的民居,有着古老的色彩,当地人用蹩脚的普通话回应着我的好奇心,在一栋古老的宅院前,人们小声争执着年代,直到其中一位说:"我爷爷的爷爷在的时候,这房子就在了。"

于是众人都笑了,表示赞同。

两岸的联系,得益于溪流之上几座古老的桥,石拱桥、彩虹桥、披檐桥,每座桥的造型结构都不一致,年代也不同,最古老的一座石拱桥,有人说是唐代就有了,也有人辩驳说是宋代的。

桥下的溪流不紧不慢地流淌,令人啧啧称奇的,不是浆洗衣裳的老妇还在使用已经磨得油光发亮的衣槌,也不是河畔垂钓的老者,钓起一尾尾有着五彩外表的小鱼儿,而是一群群游弋在古老建筑倒影里的红色锦鲤。

这些一贯娇养于园林池塘的观赏鱼,在溪流间怡然自得,哪怕边上成群觅食的鸭子经过,也不见一丝的慌乱。垂钓的老者说,这些鱼从老祖宗开始就养在溪水里,无人去捉,也无人投喂食料,即便山上发大水,也未曾冲走过这些鱼。

当地人的口音，始终让我无法清晰自己目前身在何处，因为车载导航的神经错乱，我是穿越崇山峻岭而来。直到看见了那处进士牌坊，方才知晓，此地乃鼎鼎大名的中华羊氏第一村——浙江磐安县双峰乡大皿村。

大皿村历史悠久，《磐安大史纪略》记载：唐·会昌三年，嘉州夹江尉羊愔，避乱弃官隐居于此，晚年以寻仙访友为乐，食蕈而"不进五谷"，游无踪。也就是说，大皿羊氏繁衍至今，已经跨越七个朝代，有着一千多年聚居历史。而整个村落 3000 余人口，95% 都为羊姓。

羊姓族人奉祖训，世代耕读传家，人才辈出，自唐朝以来，先后出过四位进士、一位武状元和无数贡生、秀才，名冠一方。留下了进士坊、节孝坊、里新屋二十四间、登科第等一大批文物古迹和圣旨、牌匾等许多人文瑰宝。

大皿村位于中国北纬 30°线，是瓯江的主要发源地之一，这里的大气、水质常年保持国家一级。由于地处亚热带季风区，且平均海拔在 600 米以上，夏季平均气温只有 27 度，是避暑纳凉的胜地。秀美的山水和悠久历史人文底蕴的熏陶，培育了大皿人知书达理、知足善乐、与世无争的性格，年高寿长者颇多，被誉为中华长寿之村。

*夜游梁溪，*
*行舟惊乱霓虹*

把水巷作弄堂，而且是古运河的水，无锡这座城市还真有些别致。暮色下，以船代步以水为路，从"南朝四百八十寺"之一的南禅寺出发，沿着水弄堂慢慢逛来。

在一座座古老的桥下穿梭，两岸笙箫入耳，历史与现实觥筹交错，身已不知在何处。虽是寂寥的黄昏，但这些寂寥却是华丽的。古旧的宅院，几盏大红灯笼高高挂起，深巷幽幽，历史的余音游走在都市旅人风中的衣袖与裙摆间，听戴维斯的小喇叭音色迷人，从那只慵懒的店铺里悠悠传来。

若是换在清晨，邻家媳妇在河边浣纱洗衣的江南景致，令人浮想。

载水穿越一座座石拱桥，历经千百年的风雨依旧不倒，拱着承载着浮华与没落的脊背，令所有人仿同翻越小山丘一般，迈着缓慢的步伐往来其上，每走一步都似能咀嚼出岁月的味道。

因了水的缘故，江南的桥特别的多，旧时乡绅或是在外当了官挣了钱的乡人，都喜欢在家乡造一座桥，福泽乡亲，被一辈辈人称道。这里的老人很骄傲，骄傲于祖辈生活的这片土地，对每座桥都有感情，遇见游人驻足拍照，不管你听或是不听，他们就在一旁似自言自语，"这座桥很老了，几百年了，当年皇帝走过的"。

当然，也有纠缠不清的时候，有时候老人们会有一番争执，都说这桥是自己祖上出钱造的，激动起来的时候，各不相让，"你这个捣糨糊了，明明是我们吴家造的，怎么变成你们鲍家的了？"

另一个也较了真,拉着对方的手臂,"嚯、嚯、嚯,那么我们明朝去图书馆翻翻地方志嚯,看看是你家的还是我家的!"

实际倒也不奇怪,这里的桥,谁家的祖上没有捐过银、出过工呢?

倒了夜间,每座桥又成了邻里街坊聚在一起纳凉聊天的场所,老人带着孙辈,一面夸着别人家的孩子聪明或是可爱,一面又怂恿着自家的娃娃,"囡囡,数数这边到那边有多少个台阶啊?"

孩子数对了,自然换来旁人的啧啧称赞,一高兴就藏掖不住,"这不算什么,在家里,从一数到一百,从来没错过。"

但即便数错了,也不至于丢了脸面,很有耐性地扶着小娃娃,"囡囡,不对不对,这样子数的,一、二、三,哎,对了,就是这个样子。"

小孩子又数错了,吩咐他从头再数,老人们热热闹闹地看着孩子,相互不说话也感觉这日子的确有趣。

这片土地的故事,早在3000年前,就已经拉开了帷幕。3000年前,周太王长子泰伯在梅里(无锡梅村)建构吴国,为了灌溉和排洪的需要,率领民众开凿了伯渎河。无锡从此有了运河。

从有运河开始,无锡先民就傍河而居,因河设市,以河为生,水街相依的格局构成了江南清秀的骨架,也孕育了独具无锡特色的吴地文化。

目前河两岸虽历经岁月变迁,但依然还保留着近1000米清代至民国甚至更早时期建造的前店后坊式的古民居建筑群,它们鳞次栉比地排列于河道的两旁,原生态的特质朴素但却鲜明。老作坊、旧厂房,在一处处沿河而生的工业旧迹中,当年的工商繁华依稀有迹可寻。而由寺、塔、河、街、桥、窑、坊众多景观组成特色环境,构筑了独具风韵的"水弄堂",成为古运河"精华中的精华",构成了一幅浓郁的民俗风情特色运河图。

这是无锡古运河上独特的旅游文化资源,是任何城市的古运河都无法复制的原生态历史文化景观。如同万里长城的精华在八达岭一样,千里运河的精华也同样留在了清名桥历史文化街区的"水弄堂"里。

> 芦荡探春，
> 沉醉不知归路

到沙家浜的那天，紫藤花开正艳。紫蓝与白相间的色彩，在淡雅的春日，犹显妩媚。怎奈，暮春时节，花事渐老。前日一场春雨，打落花瓣无数，凌乱了一池湖水。

莫名想起"绿肥红瘦"几字，徒增几分惆怅。但毕竟不是秋凉，这勃发的生命四处可见。艳阳处，苇叶新绿，讶异了波光；芦荡深处，鸥鹭穿梭，只为那唧唧待哺的雏鸟。

这样的天适合遐想和发呆。春来茶馆的午后，静谧在垂柳的疏影里。老茶壶在灶台上呲呲冒着热气。一盏马灯悬于屋檐，经不住风的招摇，来回摆动。像是一张摇椅，摇慢了时光。

老旧的茶坊，十几张八仙桌次第排开，因了年久的原因，一拨拨客人来了又去，端茶递茶间，衣袖与台面的接触，竟将桌面磨成了镜子。屋外的芦叶，逆光而来，摇曳在八仙桌上。

茶坊无客，也不见伙计前来招呼。顾盼好久，猛惊觉，蓝衣青衫的老板娘，半偎台柜后头一张太师椅上，业经香梦沉酣。院外飞进一朵槐花，暂歇青丝，尤为这半老徐娘的容颜，添了几分娇媚。轻笑一阵，不忍打搅这资深美人的春梦，蹑脚而去。

走在古镇的街上，忽闻酒香阵阵。翁家酒坊的酒坛子，排放在沿街的铺面里。走近，却是开了坛见了底的空瓮。掌柜说，这坛去年装过酒，今年早些时日已经售空，只备着，待新米上市点火开酿时节，重装新酒。

都道开坛十里香,这空坛弥留的香氛,都已经是吓煞人,那依旧封在缸内的醇酒,若不沾取些许,真是叫人抬不动腿了。

拎着一壶酒,遐想着花间月下独酌的闲淡惬意,老远却听到一阵笃拍子打得山响。原以为是有演出,循声靠近,方才觉晓,是戏台子边上的店铺,一位掌柜拧开了留声机。

斑驳古老的戏台子,此刻显得有些落寞。游人三三两两经过,驻足研究的很少。突然忆起,童年故乡的村庄,也有这么一个古戏台。白墙黛瓦,檐廊下的戏台子,一轮明月高挂飞檐,台上,白娘子将水袖舞得幽怨满怀,一曲勾魂的水磨腔悠然入耳。

恍若时空流转,自己还是那卧于祖母怀间的稚童。不觉,这艳日下的春色,竟有些微凉起来。

猛听得有人高呼,"走走走,坐船去!"

旧梦乍醒。低头见手里拎着的酒瓶子,不禁暗笑,这中年痴汉,想必旁人眼里也是胡子拉碴,状似醉汉,双目狰狞,在此呆萌成一支蜡烛,糟蹋了风景不说,又要辜负了这春光,真真是罪过。

不如坐船去!驾一叶扁舟,到芦荡里喝酒狂歌,岂非人生一大快事!

水袖长舞,
隔望千年峥嵘

一直坚信,古老的东西都是有生命的。一块木头,一间屋子,都有灵魂附着。你的旅行,是脚步的丈量,还是灵魂的对话,是唯一区别生与死的衡器。

每个人的旅行都有不同的意义,你带走的是身体的疲惫,或者是灵魂的新生,唯有风景是不变的,你来或不来,它都在那里,不喧不哗。

千灯古镇,暌违已久,隔望千年风月,终究得见。吴越争霸的烽火,赋予了千灯之名。吴淞江贯穿吴地,江畔有用作烽火台的土墩一千座,第一千座位于昆山南30里处,故名"千墩"。又因墩上长满茜草,又曾名"茜墩"。直到1966年,改名"千灯"至今。

进入有着两千多年历史的千灯古镇,须先走过气势磅礴的三桥。这天生的王者之气,几乎要迫使我匍匐于它的脚下,在朗朗乾坤之间,顶礼膜拜。三桥联袂而筑,造型结构分别呈现宋、明、清三代风格。

东边的小桥叫方泾浜桥,以河而得名,为明代风格;中间横跨尚书浦的三孔石拱桥叫作

恒升桥，取步步高升之意，为清代风格；西岸一座小巧玲珑的木桥唤作鼋渡泾桥，为宋代风格。每当夜间，皓月当空，立于桥头，顿觉有登临绝顶与天对话的气场。再看水面，三桥交汇处月影投落，华光四泻，更觉世间静好。

故此成为千灯一景，名曰三桥邀月。

登临三桥之上，正面是巍峨的七级秦峰塔，系梁天监二年延福禅寺僧从义募建，高约三十九米，顶刹用纯铁铸造，高约七米，铁葫芦作顶，下焊八角环，每角立一紫铜小鸟，再下嵌四片白铜大耳形片，大耳片边有铁连接顶层四只翘角，每角檐下系一铜铃，有风吹过，铜吟叮当，令人心旷神怡。

千灯古镇至今仍保留着"水陆并行"、"河街相邻"的棋盘式格局和"小桥、流水、人家"的古朴风貌。

过了桥，就是有着江南一绝之称的明清石板街，延绵两公里。又因"古宫闲地少"，两侧商户林立，使得街道看起来更显逼仄，有"足踩青石板，头顶一线天"的戏说。虽说这样的古镇在江南比比皆是，但我还要请你静下心来，随我去拜谒两位豪杰雅士。

一位是柔美至极的昆曲始祖顾坚，另一位则是抵御外辱，喊出"天下兴亡、匹夫有责"的抗清义士、大思想家顾炎武。

当至柔至美与至刚至烈在千灯相逢，这古镇就多了一份厚重。

到千灯岂能不赏昆曲？古老的戏台前，一屋子的人悄无声息地坐在那里，守着一杯清茶，看台上《长生殿·小宴》里，杨贵妃醉酒后的柔情似水。

一声声勾魂的水磨腔绕梁不绝，恍若时空流转，由着那千百年历史的风尘扑面而来。

无论是热泪盈眶或是刹那间的心旌摇曳，无不是为这浮游在心的暗香涌动，感慨、击节……

到千灯，又岂能不祭英烈？在顾炎武发出"天下兴亡，匹夫有责"那声壮怀激烈的呐喊，三百年之后，中华大地再次遍染烽火，新四军淞沪（千灯）昆南抗日游击区的战士们，用大刀长矛和缴获的武器誓

死保卫家园，多少先烈在此抛头颅洒热血抵御外辱，歼灭日伪军近两千名，成为淞沪地区抗击日伪的主要武装力量。

　　华夏五千年，有过多少柔美，又有过多少刚烈的传奇，无人说得清。而徜徉在千灯古镇的每个角落，突然你会观照起自己的内心，原来那亘古延续下来的血脉里，至今还流淌着大美与大爱，坚韧与不屈的基因。

霜降幽林，
秋光涤荡菩提

　　姑苏有天池，大隐西郊群山环抱之间。山以池为名，一潭碧水流淌千年，汩汩不绝。

　　游天池，春秋最美。从城区驱车前往太湖之滨的藏书，山脚村落间穿过，一路稻花清香，更有硕果挂满枝，鸡鸣狗吠声声入耳。至山门，拾级而上，沿途流水潺潺、悠悠鸟鸣，有风掠过兮兮作响，奇石掩于苍翠，多有高僧名士遗留石刻，隔于时空对话，禅机毕现。

　　天池位于山腰，逾数十丈，横浸山腹，若是天气晴好，蓝天白云、嶙峋怪石皆倒映水中，浮影若现，不可方物。此等美景，搜肠刮肚不得言辞表达，却见池畔摩崖石刻，"水底烟云"四字入眼，连叹：善哉、善哉。

　　赞叹之余，忽见比丘石下，有老龟浮于水面，少顷，攀至水中岩石，探头望天。午后的阳光，从山顶延绵而来，忽闻池畔寂鉴寺内梵音袅袅，时光令人沉醉。掬一捧天池的水，净手、净面、净心，入得禅寺，三炷香，以供佛法僧。

　　寂鉴寺因佛典中有"寂灭鉴戒"而得名，意在劝人为善。元至正十七年（1357），道在和尚在此创建寂鉴禅庵，后几经重修，并改为寺。

　　天池寂鉴寺由韦陀殿、西天寺、极乐园、兜率宫、旱船、大雄宝殿等组成。明·袁宏道《天池》游记云："寂照庵在池旁，内有石室三间，柱瓦皆石，刻镂甚精，室后石殿一，殿甚宽敞，内外柱皆石，围三尺许，禅堂僧舍，围绕其侧，亦胜地也。"

进寺门入韦陀殿,再出殿门,一池清泉豁然,名唤洗心。池中清泉自古不盈不涸,水质清纯,宛如碧玉翡翠。池周披垂藤萝花草,池中鱼群戏水,隐现浮沉,怡然自乐。观音宝像耸立池中,翠林环绕,水光岚影,恍若佛国。

寺门东侧为兜率宫,因供奉传说中住在兜率宫的弥勒佛而名,又称"东石屋",是一座依山岩构筑的佛龛,内供佛像,造型粗犷,身高五丈,体态魁梧。

寺门西面有极乐园,又称"西石屋",同为佛龛造型,所供"阿弥陀佛"高3.25米,雕凿线条粗犷有力,方脸大耳,体现了元代造像风格,点染不多,风标绝胜。

位居寺心中央的石屋殿,名为西天寺,亦称"神佑殿"。据《天池山寂鉴寺图文》记载:"神佑殿"三字乃元顺帝挥毫。殿内供奉三尊石佛。正殿边立一巨石,上有摩崖"真彼岸"三字,真字中间少一横,似真非真,禅意深藏。整座石殿,飞檐翘角,古朴凝重,室内尚有蛟龙、浮云、太极图、卷叶莲花等精美石刻,为江南孤品。

据载,三间石屋均为元时旧物,整整用了六年时间凿刻而成。

西天寺后有一座造型别致,极似舟舫的建筑,伸展于灵峰华池之间,因其不能航行,故名旱船。它的寓意,一取"老(子)庄(子)藏舟于壑",一取佛教"慈航普度众生"。

于此坐憩品茗,峰岚当窗,池光掩映,目游神驰于明山秀水之间,恬静幽美。

庭院内植有一株龙鳞桂,枝体粗壮、树冠庞大,为江南所罕见;枝表如龙鳞披挂,老态龙钟颇具沧桑。300年间,经沐灵山祥云,得鲜氧滋养,为山泉润泽,年年呈现祥瑞。桂花树通常一年开花一次,如遇天气异常,也有二次开花。而此株龙鳞桂,却在秋冬三次开花献瑞,

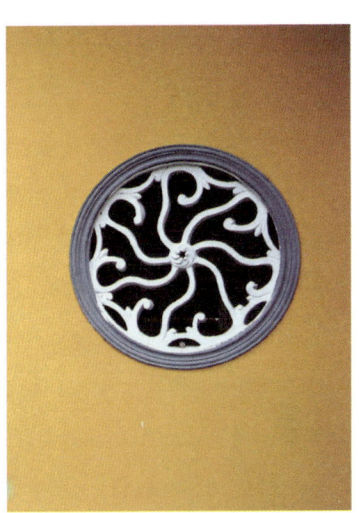

遍撒芬芳。

天池山石奇木秀，更有丰美泉流。西天寺殿前左侧有一泉，名曰寒枯泉。《天池山寂鉴寺图文》记载，"寒枯泉波涌泛涛"，古人在此筑井，千百年来，无论天寒地冻，久旱不雨，从未乏水枯涸，历为寺僧汲用炊饮，故名"寒枯泉"。

东南峰下，有一石潭，形如和尚钵盂，盂大胜锅，盂深尺余，谓之钵盂泉。它是寺中泉水的至高源流，盂中石壁，泉水源源泄流，淙淙流注盂中，又从盂中盈盈溢出，沿着溪道涓涓流淌，婉唱低吟不绝。据说此泉水可医眼疾，明目消痛，被称为神汤妙水。

钵盂泉北下咫尺即垩雷泉，形如半月，底为磐石，池东崖石壁立，立壁二丈余，宽五丈余。池水清澈见底，石壁泉水盈盈状，淙淙然，不断淌流。壁上有高僧摩题："垩雷泉水，供佛给僧。清心明道，广种善根。"因年代久远，个别字体被泉流冲淡，只留隐约之感。

出得寺院，有 688 级台阶，直达莲花顶峰，称为"灵峰天梯"，亦称"吉祥山道"。莲花峰高 171 米，巍然兀立，状如含苞欲放的莲花，故名。峰侧有一奇石，形如"老佛观莲"。

登峰近观莲峰巨石，上宽下窄，危如累卵，似手一触即倒，山风掠过，给人莲花摇曳之感，景观奇绝。于晨昏间，坐于莲花峰顶静观日出日落，看脚下山峦连绵，满目青翠草木、幽深篁竹，顿生结庐青山，听飞瀑如雪，怡情古卷之心。

# 天上人间，
## 笑看流云飞瀑

月影越过村前的河塘，摇曳进雕花的窗棂，远山逐渐隐去，剩下鸟雀的啼鸣，一阵接着一阵，一声声低落下去，村子开始入梦。天堂很近，只是去往天堂的路有些崎岖，在这古老的村落休憩片刻，心始能沉静，让身体获得力量。今夜入眠南河，大别山天堂寨脚下，一座与历史对话了400年的村落。

南河村，始建于明代万历年间，坐北朝南，依山傍水，前低后高，四进四重典型的"回"字形徽式建筑。以青砖、灰瓦、马头墙为主的皖西徽派建筑格局，在南河村古民居体现得淋漓尽致。马头墙高7尺余，建筑以砖木为主，石砌墙基，挑梁减柱以扩大屋宇空间，每间屋分为二厅三进或三厅四进，东阁西厢，书房楼台一应俱全。

这里居住基本为黄氏家族，人口150余人，按老幼辈分分配房间居住，过着共同劳作、平均消费的淳朴生活。这是一片隐逸在大山里面的安乐世界，远离了都市的喧嚣，一切都是那般自然。村前的塘，塘边的树，树下的草与花，在蓝天下安然地生长。

初夏时节，树叶泛着油绿的光，浸染着岁月的年轮，与祖辈生息在此的人们一样，静守着轮回，岁岁又年年。

清晨的雾霭渐渐退去，静坐院外的竹椅。这把竹椅一直放在这里，不知凝视了多少个日月星辰的交替。山间隆隆的瀑声，在老树的浓荫下，回旋，似梵音袅耳，涤荡心怀。岁月恍惚已老，却令人安然于这尘世间。

青石灰墙上的苔痕，卑微地生长，岁月无声，任由侵蚀，爬虫从墙缝钻出,大公鸡巡视着领地,在闲庭信步间不经意捡到了一顿美餐。

目光触摸着这墙、这瓦,这亭台与水井,犹如黑白的画面,将往事沉淀,若是要重拾一段岁月,重读一段时光,切莫打搅了它们,就这样远远看着,或可等来开启心扉的时刻。雕窗的漆已经斑驳,却被一株横夺过来的石榴花,惊艳了晨色。

大公鸡喔喔喔地叫唤起来,从前方的谷田里飞奔出几只母鸡,正是主人喂食谷糠的时间。母鸡们在主人的脚下争抢成一团,慌张了辰光。公鸡依旧不紧不慢地踱着骄傲的方步,似大度的丈夫,守护着它与妻妾们的幸福生活。

天光刚刚透出灰白的时候,村人都已开始了忙碌。即便是天堂脚下,勤劳也需上天的眷顾,护佑这方水土风调雨顺、五谷丰登。自田间劳作归来的村妇,挎着竹篮披着朝霞而来,滴着露珠的菜蔬,透着现世的安宁。随手从篮子里掏出一个红熟的番茄,递与我这异乡的客人,轻放鼻尖,隐幽的香氛令人神怡,不禁怀念起久远的爱情,在岁月的深处婀娜走来。

家家户户升腾起炊烟的时刻,疯野了半天的大黄狗,从不知名的角落,三三两两地冒出头来,嬉戏着,脚步朝着各家的方向奔去。

远眺天堂,云雾袅绕,猜不透虚幻的背面隐藏着什么。而这尘世间,最大的幸福,莫过于日出而作、日落而息,守着一个人,直到岁月老去。时光像一把古老的梳子,梳理着纷繁的世事,最终趋于安宁。

阳澄湖畔，
　觅得春光一盏

今天和一位老师聊天，说到他年少时从苏州城跑到郊外拜谒沈周，要用一天的时间走个来回，而今交通发达，开车来回不超过20分钟，感觉心里少了些隆重。

我脑子里不正经，竟联想到男女情事上去。暗忖，若是一对相见就眉目传情的人儿，少了女孩欲拒还迎的矜持，少了男孩苦苦追求的过程，直接就百年好合了，不敢揣度他们今后的幸福，却无端冒出苟合二字来。

前日，搞旅游的一位朋友，约我做些春天的专题。想着年年春色尽相似，干脆网上搜集些图片，省得再去野地里折腾。后来，看到老K在朋友圈里晒油菜花，又附了一句话：春花已经绚烂，你却还在家里苟且。

突然感觉浑身都不好了，那顶苟合的帽子，忽地就套我头上了。惶恐之下，正巧听说阳澄湖边的油菜花开得繁茂，急吼吼就奔了去。

吹着微凉的小风，沿湖岸线一路行驶，一丛丛金晃晃的油菜花不时从眼前掠过。我却贪的很，脑子里想着延绵无边的景象，不肯为这一小丛的娇艳驻足。

算是人品大爆发吧，对这一带路况并不熟悉的我，居然找到了一处农耕园。老远就望见了成片的油菜花，在微风轻抚下，细浪般翻涌。

入得园子，人不少，有拍婚纱的，有犯花痴的。心想着这十几亩的菜花地，加上这么多大活人做陪衬，怎么也能拍点高大上的照片回

去。但相机似乎有意刁难我，明明感觉这个角度不错，咔擦按下快门，出来的效果却是惨不忍睹。

正懊恼着，一位拎着专业单反相机的大爷，从我这个微单小子面前经过，见我愁眉不展的样子，不知是教诲我，还是自说自话，张口来一句，"花长得都是平的，太多太密，难拍。"

一句话让我恍然大悟，农耕园里的地都是平的，油菜长得个一样齐，无论俯拍还是仰拍，都很难拍出层次感。再看那拍婚纱的摄影师，极少有拿菜花地做背景的，想来也是这般缘由了。一向贪求大场景的我，顿时有些懵。

又是这位大爷一句嘟哝，"在湖边倒是拍到不少好片子"。

一语惊醒梦中人！湖岸都是倾斜的，加之有水、有芦苇，人品好的话，还能拍到渔船劳作的镜头，岂不比满画面阅兵一样站得齐整整的一堆菜来得风情？

想来也真是可笑，再次原路折返，去寻那一丛丛的风景，真倒像那苟合成事的男女，突然想要一次完整的恋爱一般滑稽可笑。

虽然也觉自己可恨，但一路折返寻找那些本不受待见的旧欢，倒也醒悟，这番差点错失的风景，弥足珍贵。找寻的过程似乎充满了神圣的仪式感，即便少了喧闹的游人做陪衬，独自跋涉崎岖湖岸，一路辛苦，历经一番荒城外、牯眠衰草，鸦啼枯木的感怀，但终究觅得那黄染菜花无意绪的清新雅致。

正拍得入神，猛听得一阵莺声燕语，定睛望，呵，草丛里竟藏着一群俏女儿，纤手摘青芽。掉转镜头，正待偷香，疯丫头们却早已嘻哈着四散开去，竟无一人怜悯。

虽是无限惆怅，但孟浪如我，还是忍不住犯痴，轻叹：倚东风、豪兴徜徉，行处绮罗香不断，莺儿啼、燕儿舞、蝶儿忙，阳澄湖畔好春光！

*遍地毓秀，*

*唯此山可望乡*

南山，是奉化许多 70 后、80 后无法抹去的记忆。住在奉化城的这两代人，儿时的春游或是秋游，未曾到过南山的，未曾在巅峰南山塔下，玩过官兵捉强盗游戏的，恐怕要被视为异类了。

南山不高，海拔 266 米，位于奉化城区的东南方向，山势挺拔，绵延数公里。第一次闻听南山，还是顽劣混沌的年纪。那年时节，母亲还很年轻，在村里的小学执教。

一周前，就听母亲说，要带学生去南山春游远足。起始，她是不肯带我的，怕一路累赘。架不住我滚地耍泼，又得一位年岁较长的学生担保，一路看护，终于勉强答应。

谁知连日兴奋过头，远足那天，我竟发烧泻肚。挣扎着嚷嚷，要跟着母亲去，终究没有力气长时间哭闹，躺在床上委屈不已。母亲好言宽慰，答应归来时带糖果于我，只得悻悻应允。

幼年生活于山村，四周都是山，若论奇峻或是风景，南山实在逊色。我并非稀奇那片山林，只是闻听以往去过南山远足的兄长讲述，在山顶玩官兵捉强盗时，何等的疯闹，故此存了心思。

数年后，及至城里上小学，终于有了春游南山的机会。老师提前一天预告，交代我们准备中午的干粮。

那时能够买到的零食不多，无外乎面包、蛋糕之类。家境好些的，往往会煮几个茶叶鸡蛋，或备些水果、牛奶之类，塞入孩子的书包。我没有这般好福气，父母自小不宠溺孩子，加之工作繁忙，自然也是顾不上许多。

将就两个奶油面包,一个旧的军用水壶灌满开水,学着军人的模样,将书包与水壶交叉斜挎起来。一路唱着学校里教的歌子,男同学牵着女同学的手,雄赳赳往着南山进发。半个小时的脚程,到了山脚下,早有事先到达的老师沿途监督,按照他们的指令,缓缓登山。

在奉化长大的小孩子,山见得多,不觉稀奇,当年唯一的一座公园也是山,日常的游戏大都也与钻山林、攀岩石相关。所以,爬山这种事,各班老师的监管也不是很严厉。

到了半山,队形已经混乱,调皮的、身体强健的,东冲西撞跑到了队伍的前面,不一会儿就听他们在山顶咋咋呼呼地喊,"我们胜利了!"

到了山顶,就一座石塔光秃秃竖在一块平地上,想来此地游客不少,方圆十米之内,都是夯实的泥地,寸草不生。

传说中的官兵捉强盗游戏,玩了一小会,就觉无聊,加之老师布置围起来唱歌、丢手绢之类,更觉无趣。好在,不久就宣布集体野餐,早就按捺不住饥馋的小猢狲们,各自取出干粮,三五成堆交换着吃食起来。

偶有同学寻到了一两捧浆果,送到老师面前讨好,其余同学见了,大都会鄙视一句,"马屁精"。

结束野餐,在老师视线范围内,自由活动了10分钟,就得到指令,"下山!"

返程大都表情怏怏,仿佛吃了很大的亏,因为感觉南山并不好玩,因为回到学校,还要集体写作文,题目叫作《快乐的春游》。

前些天返乡,拗不过平原地区长大的岳父、妻子和儿子,强烈想要去爬山的愿望,又再次想起了南山。

午饭前，驱车抵达南山脚下。山风凌冽，儿子一路在前奔跑，不时折回来"挑逗"我的岳父，"爷爷，这就是寿比南山的南山，你要快点爬到山顶，那样你就会长命百岁的。"

攀至半山的寒山亭，小猢狲终究感觉有些累，站在亭子里，颇为得意的一声声召唤远远落在后面的爷爷与妈妈。寒山亭是近年新建的，视野开阔，可览奉城景致。亭下栽有一株松树，虽不逾十年却造型苍遒，名曰"南山不老松"。

亭的左侧有条小径，掩映于竹林，通往南山禅寺。唐咸通年间，一位来自天台的行脚僧，见西来的县江在南山山脚转弯，时常洪水泛滥，祸害一方，故此发愿要"剪茅辟址，筑塔镇龙"。寺庙建起之后，起名为吴峰院，直至明洪武初年，方才改叫南山禅寺。

寺庙共有三进院落。第一进为山门殿，正面供奉弥勒，反面韦陀，两侧为四大金刚；第二进为大雄宝殿，正面供奉如来，反面供奉观音，

两侧供十八罗汉及文殊、普贤等诸菩萨；第三进为三胜殿，共两层，第一层供观世音,第二层供三圣。寺内尚有斋堂僧房、放生池及牌位楼，另有古井一口。

拜谒完南山禅寺，岳父和妻子因体力不支，在寒山亭歇息，我带着儿子继续往上攀行。山脚至寒山亭的路极为开阔，可供汽车直接开到半山，而接下来登顶的路却极为崎岖，是一条石砌的古道，或攀岗脊，或沿斜谷，穿插于密林之间。

因为冬季恰逢枯水期，沿途听不到潺潺涧流声，但一路松涛阵阵，鸟鸣树梢，倒也感觉清幽。怎奈年岁不饶人，行至半途已是喘息难定，只有那小猢狲，恰在我第一次邂逅南山的年纪，步履轻快。

或俯身捡拾落于一地的松果，或消遁于林木间，待我近身忽地跳将出来，做山大王状，嘴里念念有词，"此山是我开，此树是我栽，要从此路过，留下买路钱！"

拼了一身力气，到底拿半条命登了顶。南山之巅，石塔依旧。当年囫囵走过，未曾探究其名，今日再来，因为要给儿子讲些典故的缘由，提早做了功课，知此塔名为瑞峰塔。

瑞峰塔与南山禅寺同为唐咸通五年天台行脚僧筹资所建，清嘉庆十二年，因风蚀严重，奉化知县彭公募款重建。塔身均为条石刻砌而成，取材于东南边的石塘，整体呈六角七级，密檐楼阁式，高 13.45 米。塔基为弥须座，直径 5.2 米，底座每面阔 2.6 米，高 2.47 米，共三级，最上一级呈复莲状。腰檐为石雕翘角，呈象鼻形，每层每面都用麻石筑成，辟有壶门，门上图案已经模糊。塔身各层式样不一，有宝瓶状、皇冠状，塔顶为宝葫芦型。

塔东首下方有一碑亭，穿斗和抬梁相结合的梁架结构，通面宽 3 间，通进深 2 间，面积约 7 平方米，高 2.8 米。亭顶用大石板起瓦缯，脊上雕鸱尾，檐枋上有一横匾，上书"瑞峰塔碑亭"，檐柱上刻对联："文笔一枝凌霄汉，穿碑千古耀南山。"

若问此地风光如何？宋时《南山寺碑记》有云：堂开千叶之莲，塔现七层之影。

立于山巅，远眺奉川蜿蜒，激荡起多少心中往事，那些年的风月重新扑面，竟是抑不住要老泪纵横。

"咦，老爸，你怎么哭了？"

"山上风大！"

"哦"，儿子竟是学会了安慰人，"老爸，你要开心，我们登上了南山，我们一定能活一百岁！"

浮世乱绘,怎好意思装纯情

伍

何妨孟浪，
有趣才是人生

连绵梅雨，锁住远行的脚步。潮湿的地板，发散着霉腐的味道，在空气中蒸腾，或有蜈蚣与不知名的爬虫，从角落探出头来。这该诅咒的天气，连院外的蔷薇，都只是疯了心地抽枝，竟不见一朵花蕾。

周末，约友游山或是林间品茗，或荒河垂钓，都遭拒绝。或是无心情，或是笑我癫狂，这如注的雨下个不歇，脑子莫非抽风？

问友，既不外出，待在室内，可有风雅之事？答曰：睡觉、发呆，无所事事。

既无人响应，只能独乐。周六，披蓑衣巡野山，探幽谷，或见山栀子花开，芬芳遍野，采撷归去，或供于案头，或摘花瓣入茶，清香自芳，更有邻家小妹串门，送于两枝，俏笑令人畅怀。至周日，斜风细雨，天不做狂，背了钓具，骑上电驴，于郊外荒野，觅一浅流，下饵独钓。

出门时，家人颇有微词，这般狼狈天气，可见谁家男人似你任性？我竟愠怒，斥道："天下男人可有一人似我？我若如天下男人，又何来的我？"母亲恐我在外干渴，端了暖杯嘱我带上。若非家人竭力阻拦，依我性格，便是携壶于荒野，找一避雨处，燃一堆篝火，烹煮雨水，泡茶闲坐，岂非妙哉？

途中遇一钓友开车相遇，知晓我去野钓，龇牙咧嘴笑得狰狞，与车内一般腌臜之人，笑言等我丰载而归，他出陈年好酒，找我共酌。知此人小气，挥笑而过。

荒河急流处处，终有回旋弯处，水波宁静。投饵后，稍事整理钓具，啜几口热茶，吸一根烟，旷野清新令人沉迷，有蛙鸣阵阵，有水蛇透迤游走，有浮萍绿翠，有雨声沙沙。

或是不宜垂钓，站立一个下午，却无鱼儿咬钩。天色暮暮，独钓心情，谁知我趣？次日又发癫，驾车10里，奔至长江荒堤，熄火停车，望江水滔滔，雨雾锁天地。

为着读书而来！家人抱怨，书斋明亮，更无人打搅，岂非读书所在？却不知，因读到宋人陈棣所言，"芭蕉声里催诗急"，痴心泛滥，想起荒堤处有一丛芭蕉林，故此孟浪。

母亲教诲，"人到中年要多些稳重"。只是老娘都不曾言老，我又何来暮气？人到40，我不愿假作一切了然，即便知天命、耳顺、古来稀，世间万物我能知晓多少？

世事如过江之鲫，岂能数得清？人世沧桑，何故要让自己遇泰山崩而不惊，麋鹿兴于左而目不瞬？我只知春来冬去，燕归飞雪，花草枯荣，随悲随喜。人生无常，若是错过满目有趣，岂不遗憾？

## 男人四十，
## 只到立秋罢了

今天，有个姑娘跟我聊天，说起我的旅行，她说："老应，我真羡慕你那样的生活。"

友谊的小船瞬间侧翻。羡慕你妹啊！你都喊"老应"了，爷们的心理阴影面积有多大，你知道吗？今天是立秋，心情和早起的空气一般薄凉。回家告诉老婆，她倒是淡定，"你有一个看上去18岁的老婆，瞬间秒杀你身边的女人。"

或许觉得这不像安慰的话，又过来拍拍我的肩膀，说："兄弟，你看上去顶多30岁，就当30岁过呗。"

听了这话，心里颇多安慰，但也不会沾沾自喜，已过了呆萌的年龄，有些事要有自知之明。男人40，越发感觉时光可贵。要命的是，我居然还有梦想。梦想照进现实，现实很骨感。只是，40岁男人的梦想，绝不会海阔天空，更不会虚无缥缈。

从去年开始，我努力让自己的步子慢下来，跟自己说："别太累，你知道自己要去哪里。人生还有大半，现在还不是停下脚步的时候。"只是，不再那么拼命。因为你已经懂得，明天的幸福，除了金钱还有健康。

或许你还没有一技之长，但需要懂得如何利用兴趣去赚钱。这个年龄不再违心，一直想着要去完成的事情，一定要抓紧，因为你已没有踌躇的时间。

这一生注定要和文字拧巴在一起，拧巴就拧巴吧，文字给我活下去的力量。30岁以前，文字属于理想和情怀；40岁以前，文字属于生存和虚荣；现在，我不会为了取悦别人而写字，因为自信自己的文字终究会有人来阅读。

懂得了不迎逢是最好的相处方式，也更加肯定，相同世界的人迟早会相遇。不再迷醉于朋友圈里虚幻的"捧场"，自己心里要清楚，谁是习惯性点赞，谁真的在乎你，谁又读懂了你。有些感情需要维护，有些感情该放弃的要放弃，不是所有的交集都会成为友谊，也并不是每段友谊都那么真诚。

有自己的圈子，有自己的挚友，知道哪些人是用来交心的，哪些人只是打发寂寞的玩伴。而有些人，这辈子就别再见面了吧。

推掉了大部分讲课、采访的邀约，看书、旅行、写字，待在家里的时间越来越长，有时一整天无所事事，就是为了和家人在一起。

已经不再抱怨，因为父母都已老去。虽然也会看着一片落叶发呆，却再不会为季节悲叹，孩子渐渐长大，他需要山一样的父亲。偶尔会看着街边的白裙少女出神，那些在生命中经过的红颜，我依旧记得，想起她们的时候，嘴角也会向上微翘，只是心里不会再起波澜。

也会回首去看时光的流年，怀念那个在汗水中奔跑的少年，看着一张张在阳光下走过的脸庞，在心里默默祝福，对他们说一声"你好"，因为我曾经年轻过，也终将会老去。

看过了那么多的风景，流连过那么多的风情，岁月渐渐沉淀，现世安好。男人40，岁月如秋，往后的日子，如这杯中的醇酒，自己去酿吧！

## 关于理想，
## 没有忘记就好

经过下塘街 15 号的小荷作文馆，午后的阳光，正热烈地打在甪直古镇的每条街道。春困来袭，忍不住连打了几个哈欠，河岸的廊桥上，坐满了小憩的游人。

原为着找处茶馆解这半天的乏意。不经意的一瞥，作文馆屋梁上，万国旗一般悬挂，在微风中摇曳的各色作文簿，让我想起了那篇关于理想的课堂作文。

我从未对人提起的理想，是当一名作家。如同我 10 岁的儿子，他落笔于作文本上的科学家、医生、画家等经常变换的理想，实则是迫于外界压力的妥协。他曾悄悄告诉我，他的理想是当一名厨师。只不过，在关于理想的课堂讨论上，一名立志要做馄饨店老板的同学，遭到了老师的讥讽，儿子飞快咽下了已经涌到嘴边的理想。

他回来告诉我，他跟老师说要当一名数学家。

"老师怎么说你的？"

"老师表扬我了"，儿子皱了皱眉头，小声说："其实，我还是想当厨师。"

骨感的现实，我们两代人都不敢大声说出自己的理想。

小荷作文馆的内里有一间茶室，对外开放，可以拍照，可以暂歇，却不曾有游客享受过招待。仿同我的理想，从未被人重视。

我坐在沙发上，看着窗外的藤蔓，从阳光的影子里垂挂下来，苍翠的令人伤心它是否真实存在。

笃笃笃，游人踩踏楼板的声音，像极那个杂居的南方小院。孩子的嬉戏声，电视机喇叭的轰响声，邻居刺耳的二胡声，在夜半之前，从未停歇。

作家是该有一间属于自己的书房吧，如同这作文馆，丝蔓垂绕的绿叶里，蒸腾的光线从天井漾溢进来，恰巧打在书桌上。

四周都是书籍，有一道道翻阅的痕迹，留白处圈满了批语和灵感的文字。

我喜欢竖格条的信笺，从右往左，竖着写下突如其来的文字，有种磅礴的气势。可惜我的母亲，一位固执的小学教师，她总是给我买那种一成不变的作文簿，要求我每篇作文都要有深刻的思想感受，甚至不能忘记那句强化情感的"心情久久不能平静"。

我在小院的杂音里，费尽脑汁讨好着母亲的标准，这让我越发讨厌写作文。理想，似乎渐渐离我远去。

作文馆的二楼光线昏暗，仅有的光亮，靠着窗外香樟树的夹缝飘进来。这却是极好的！可以把自己深埋在光线的背面，打量这个世界，世界却无法窥探到我。灵感就深藏在一处处黑暗的角落，你扭头看它，它就跑到你的纸页上，你们惺惺相惜。

楼下的河埠头，又有一艘游船靠岸，人声隐约传来。躲在暗处的我，揣摩着每个声音后面的人，男人、女人、老人、孩童，每一个鲜活的生命，涌到笔尖，落向纸页。可是我不敢高声这样的欢愉，怕是偷来的快乐，不小心就要还了去。

那篇关于理想的课堂作文，我把自己想象成一个拯救地球的超级战士。原谅那个时代，人们还不理解什么叫作玄幻，语文老师给我的评语是"胡思乱想、异想天开"。

作文馆背后的客栈，是所小学校改建的，墙面上的"语录"，让我

惊惧里面会跑出那位当年已经白发苍苍的语文老师。我不敢入内，却在逃离的那刻，遇见了从门里出来的清新女郎，恍若穿越时光，依稀是我曾经暗恋的音乐女教师。

我带着初恋般的忐忑回到二楼，希望再次躲进那片昏暗，回味那些懵懂的日子。在转角，校园的时光不依不饶追着我，竟是排成一排的课桌。金灿灿的阳光钻过一片片飞瓦，将自身炸裂成粉尘，纷纷洒洒落在桌面。清风翻动着书页，赫然可见作文与理想，在眼帘狂舞。

留言墙上，有个男孩贴上去一张纸条，待他走后，我过去看，坦率、伤感，"我想追一位女孩"。这样的快餐时代，竟还有人，有着少年维特的烦恼。莫名的，连时光都开始温情起来。

回到家的时候，再一次与儿子谈到了理想。他依然固执自己当一名厨师的理想。

"你呢？爸爸你的理想是什么？"

"我，我其实想当个作家！"面对儿子，第一次说出自己的真实理想，突然腼腆起来。

儿子抬眼看了看我，表示惊奇，"啊！你不就是作家吗？你已经写了那么多文章！连我们老师都夸你写得好呢！"

不禁是要偷着乐了。原来，理想早就是根植在心的，只是，我从未发现它的存在。

# 红颜珍贵，
## 你怎好意思睡

一位小兄弟兴奋地对我说："实在没想到，找来找去，最适合自己的，一直就在身边。"

早些天，他跟相处了6年的"闺蜜"进行了一番表白，"闺蜜"想了几天之后，竟然同意了。我但愿看到有情人终成眷属，只是一时没憋住，说了句，"你们能够玩得好，但不一定能够睡得好。"

小兄弟有一百个理由来反驳我的"谬论"，"我们从来没有吵过嘴"、"我们好得就像一个人"、"我们想的都一样"……

那又怎样？哥可是过来人！我也曾有过一位"闺蜜"。

18年前，我和我的"闺蜜"都很年轻。我们在同一家报社同一个部门，拿着勉强够租房子、吃饭的薪水。但是，我们都很快乐。现在回想那段年轻的时光，我依旧认定，如果当初克制住不睡一起，她会是我今生最好的红颜。

我们会一起去看午夜场电影，一起半夜爬上残破的城墙，在干掉几罐啤酒之后，对着寂寥的夜空，放肆地吼叫。我们会一起背着背包去流浪，对着经过的帅哥靓女点头评足，相互建议，"那个帅哥跟你挺搭！"

"那姑娘胸好大，应该是你喜欢的类型。"

……

然后，我们会在疯累之后，各自回自己的出租屋睡觉。我们像连体婴儿一般，整天形影不离，报社的同事误以为我们在谈恋爱。甚至有一位吃醋的家伙,尾随我们两个夜晚,但始终没有偷窥到,他预计会见到的香艳。

年轻的荷尔蒙如影随形,只是未曾想过,我们之间,会发生些什么。我们只是玩伴,去一样的地方做一样的事情。甚至因为彼此都没有经历过爱情,找不到"负心人"来骂。

有时,她会莫名的哭泣。于是我抱着她,轻轻抚摸她的背,直到她情绪平复,笑着捶我,"老娘的豆腐你吃够了吗?"

到现在我们都没有争辩清楚,为什么我们会在夕阳下拥抱,躲开人群在树林里接吻,究竟是谁先主动,或者谁先撩拨了谁的荷尔蒙。或许只是因为年轻,只是因为,在那段潦倒的岁月里,彼此给予的信心和快乐。

成为恋人之后,我们重复做着以往的事情,逛街、看电影、旅行……一切看起来是那么美好,直到有一天,我们发生了争吵。

在那条老街，我坐在自认为最好的风景，不愿前行，等着看夕阳。而她，却坚持要在太阳消失之前，走遍每一处风景。天知道为什么，那一天我们谁也不肯妥协，争吵得越来越凶。

"你以前不是这样的！"我们异口同声。

是啊，在成为最亲密的人之前，我们同样亲密，虽然也会有不同的意见，却总能照顾彼此的感受。只是因为角色变了，我们变得有些执拗，一丁点的矛盾就会假想成天大的事，"你的心里究竟有没有我？""你不再爱我了吗？"

而这样的质疑，在我们成为恋人之前，哪怕一秒都不曾闪现。或许是我们都不确信这段感情，从知己过渡到恋人，鸡毛蒜皮的小事，都会令彼此怀疑，那曾经熟悉的一切，究竟是否假象？我们的内心都有一个魔鬼在控制，希望对方成为自己，一样的动作、一样的思维、一样的喜恶，容不得一点点的偏差。

嫌隙越来越大，我们不断地伤害、道歉、和解，而后再次伤害。最终，两人都被伤害到遍体鳞伤，再无法一起前行。

如果时光重新来过，我一定会放过我的"闺蜜"，因为红颜太珍贵。我很少看电视剧，却记住了《男人帮》里关于红颜的几句台词。

"她可能是了解女人的一个出口，可能是没有恋爱时的玩伴。"

"她可能只是虚拟一种感情的环境，让我们孤独寂寞的心找到一点点安慰。"

"红颜知己就是让你找到自信、勇气和力量的那个人。"

"如此珍贵的一个人，就不要因为冲动、寂寞或者失落而让她变成可能的陌生人。"

城市难混，
挣钱回乡种地

如果不以家庭 GDP 贡献水平衡量，我这人，算得上模范丈夫，上得厅堂、入得厨房，也能烂泥地里滚一滚。最为愉悦的事情，莫过于周末回家，脱下一身斯文，找出旧年衣衫穿上，挎一竹篮，骑上电驴，奔野地里觅菜。

生于江南，自小随祖母地里劳作，颇识得一些野菜。春有马兰、荠菜，夏有车前草、马蹄菜，秋有野蒜、野百合，冬有菊叶、珍珠菜。

早些年有邻居惊讶。此人周五归家时人模人样，一身光鲜，小眼镜戴着，斯斯文文一副书生状。待到周六，粗鄙衣衫，手持钩镰，肘挎破篮，一双布鞋隐约有脚趾露出，活脱脱拾荒的。

有好事者问我丈人，你家女婿作何营生？丈人颇有气势，掏出一盒中华，发了一圈，淡定地说："在报馆，当记者！"最后又补充一句，"还是个小干部！"

只是我这副德行，终究令人生疑。直到某年某月，当地报纸转载了我的一篇新闻作品，又恰巧被邻居看到，方才确信。至于我的邋遢，他们也有了自我解释的空间，"可能文化人就这副鸟样吧。"

以我敏感性格，加之职业的触感，旁人异样的眼光，心里早就明了。只是人活一世不易，万般事情都要揣度别人心思，活在他人评价中，何其累哉！我不屑于家长里短，自然也不理会旁人的议论，况且我内心的欢喜，又岂是庸人能够体会的。

只是有一阵子感觉不快，城市过度开发，原本采撷野菜的乐园，不出半年盖了厂房，本是禾苗青青的农田，一夜间撒了石灰，说是要硬化土地后盖高档住宅。

野菜越来越难寻觅，公园里倒是有，但亲眼看着工人不顾死活地喷洒农药，长得再壮硕，自然是不敢采食。于是谋划着要寻一块地来。

离家不远，有一处废弃的"公园"。实则是规划失败，圈了土地后，刚开始动工，"拍脑袋"的货色们，又看上了另一块风水宝地。这个"公园"，就此荒芜下来。

辛苦一个下午，除荒草，松土地，好歹打理出一分耕地来，细细撒了各处收集来的种子，心里说着等次日清晨再来浇水。结果次日起晚了，拎着水桶，从附近河里提了水过去浇灌，不曾想，一位老太太正在我的地里忙碌，走近细看，人家正往土里一瓣瓣埋蒜头呢。未曾宣示过主权，又何况是位老人，有理也没法说理，只好悻悻折返。

消停了不少时间，后来见朋友家阳台郁郁葱葱长满蔬果，请教经验后，回家后兴致勃勃宣布，要购买阳台种菜神器，自此以后自给自足，老丈母娘再也不用算计，每天过山车一般的菜价。眉飞色舞间，老丈人泼了一盆冷水，"别作怪了！阳台能种多少菜？以后衣服不用晒了？"

一时语塞，闷闷喝着酒，不觉醉了，心里不痛快，趁着酒兴耍泼，"改天把我惹急了，我在家养一群鸡，养几头猪，一个房间住一头猪！"

终究是气话。自此不再提种菜的事。

但机遇总是垂青想种地的疯子。不久前回了趟老家，二叔叮嘱我，回去把老宅翻新一下，今后回老家也有个着落。老宅的后面是山，边上是溪流，一里外是我家的菜地，我该怎么折腾呢？呵呵，想想都开心地睡不着。

说穿了，什么狗屁乡愁啊，不就是想回到小时候的生活吗？人天生就有定数，生下来是农民，非要挤破脑袋进城，挣那么多钱干吗？还不是为了以后回家种地吗？这扯淡的世界，逗你玩呢！

## 初识菖蒲，
## 美物兮欲破禅

初识菖蒲，是在导师的书房。导师是位书痴，仿佛一辈子都钻在书堆里出不来，虽立著等身，却烦与世间打交道，甚至视花草为俗物，"娇滴滴的要人服侍，有那工夫不如用心去做点学问。"

书山书海中，这一丛苍翠招摇，倒是令我惊奇。导师说："这是夫人放的，开始还抗拒，但最后默认它的存在了。这玩意好，只要一碗清水就能活得很好，书读累了，抬头看看，倒也有趣。"

因了导师的缘故，不觉对这一丛草有了好感。讨教了此草的名字，又觉有种疏朗的美意。后来，在一些学究的家中又与之邂逅，或置于案头，或放于茶台，更觉清雅无比。

有阵子喜欢上了石头，收集了不少赏石的资料，在读到唐人刘长卿的《题佛殿前孤石》诗时，其中一句"一片孤云长不去，莓苔古色空苍然"，突然就想起了菖蒲。

再读到明代王象晋《群芳谱》里称，"乃若石菖蒲之为物，不假日色，不资寸土，不计春秋，愈久则愈密，愈瘠则愈细，可以适情，可以养性，书斋左右一有此君，便觉清趣潇洒。"

故又觉其清幽之姿多了几分诗情，几许画意。

存了几份留意，忽然和菖蒲的交结多了起来。赏诗读画，发觉古人对其颇有偏爱。或许是因为菖蒲本色质朴，入画极有感觉，在明清画家的笔下成为常客。

晚清任伯年、吴昌硕等海派画家们的"清供图"中，常常以石与菖蒲相伴。而即使是为权贵们应景而作的富贵图中，也每每有菖蒲一盆，茸茸茂盛，以示其生意盎然。而且，菖蒲或载瓦钵，或置石盆，可显其古淡，与画面中种种讨巧应俗、求财显富的杂什一相组合，就多少不再显得那么土豪气，也算是在商业绘画中保持了一点点文人的"腔调"。

接触越多，越觉此物惊艳，忍不住网购了一株。谁料越养越不对劲，惊觉与师友们案头的菖蒲不一样。问了方家才知道，菖蒲有多种，唯有石菖蒲（又分龙须与虎须、金钱）可作清供，更以密林山沟泉水滋养的野生菖蒲为极品。

后来参观一处花木基地，得知有石菖蒲培育，央求主人带去，不料见其邋遢汉子一般，大丛卧于烂泥塘中，又长得张牙舞爪，觉得面相狰狞，扫兴而返。

直到几年前回奉化老家，与家人携游深山，在一处深涧偶然与之邂逅，湍急泉流之下，它兀自紧抓顽石，细细密密生长，方觉其桀骜不驯的风骨。

有心将那一丛全部拔回家中供养，岂料被叔父一把拦住，作为这片区域非物质文化遗产传承人，他几乎熟悉这里的一草一木，"野生菖蒲生长缓慢，加上溪水奔流，几乎留不住养分，你全拔了去，这块地方就再也长不出来了。"

最终，仅用柴刀轻砍了一小株回来。世间美物可遇不可求，人心更不可贪婪，如是，这菖蒲又多了份禅意。

*流年浮华，*
*独缺旗袍一袭*

我是顶顶佩服敢于穿着旗袍出门的女子。只是饱眼福的机会不多。

在我小的时候，我见过一个女人穿旗袍，惊艳了我的少年时光。不过，我是不敢高声赞美的，即便那时我已懂得了反抗父母的安排，却是没有勇气与那个时代对抗。那个时候，穿旗袍的都是不正经的女人。

虽然，这女人没有偷汉子，没有在街上拉男人去睡觉。关于不正经的定义，从大人们的嘴里，随着唾沫星子四溅而出，"屁股和奶子都露出来了"。

自古红颜难做，得罪不起男人，也得罪不起女人。那女子玲珑的身段，或许荡漾过一些男人的春梦，憔悴过身材羞愧的女人。男人、女人各怀鬼胎，恨不能口水淹死了这女子。男人的气愤，大抵是因为"我竟然摸都不能摸一下"。而女人的嫉妒，则是"这婊子一走过，男人的眼睛都绿了"。没脸说出的嫉妒更加猥琐，自己竟未曾令男人们眼绿过。

现在的男人女人，似乎没有了当时的那般恶毒。或许是男人们"摸一把过瘾"的机会多了，或许是化妆技术、整形手术，使得满大街撞脸的"美女"多了，大家心态平和了的缘故。

但穿旗袍的女子，在大街上的依旧不多。旗袍对于女人，是一种打赏也是一种讽刺。

穿旗袍的女子，身条子好的，远远看着像一只灵动的梅瓶。若是条子不好，仿似那满脸淌着油汗的肥婆，横跨开来的肉块上，撑着一条蕾丝小内裤，挑逗的就不只是呕吐了。如同我不会对所有的美女怀有欣赏的痴情,并不是每个穿旗袍的玲珑女子,都会令我怦然心动。

旗袍于女人,绝不能缺了气质。张爱玲穿旗袍,透着的是浓浓的书卷气,潘金莲穿旗袍,怕只有一股子骚气吧。

都说女人心似大海里的针,姑且当每个女子都是一本书吧,有些注定要穿越历史的尘埃,在你的心间盛开出一朵花来。而有的,再精美的包装,到底是昙花一现,枯萎了,也就被人遗忘了。

穿旗袍的女子,大抵是自信于自己的美丽的。有的女子,因此千古倾城。而有的,无非是催情的春药,喘息过后,相忘于风尘。

旗袍挑人,更加挑景。我固执认为,旗袍须得丝绸,暗色花纹,不浓烈,像是隐在时光深处的大家闺秀,婉约高贵却不张牙舞爪。这般低调却又高奢,拿所有的富丽堂皇做背景,都是一种糟蹋。

男人们凑在一起多少会谈到女人,男人女人熟悉了,也会有点荤的话题。我曾跟男朋友、女朋友们交流过一个关于女人的话题。那就是,戴望舒《雨巷》里的那位姑娘,穿的究竟是什么衣服。洋装、褂子甚至比基尼,都恶搞的令人喷饭,唯独说,"怕是旗袍最为适宜",齐声叫绝。

窄窄的,细雨霏霏的江南小巷,或许是旗袍绝佳的搭配。秋雨如丝的江南古镇,当我艳遇那位穿着旗袍的女子,春光乍现般,从楼阁的窗台,惊艳出来的时光,我竟祈求周边的人潮消失,恍若觅着了知音,要在这凄凉的世界"与君歌一曲"。

何妨随你去!何妨随你去!只是,这仅是我的痴情,终究是惊鸿一瞥,仅仅是羞涩一低头的瞬间,就已经错过了这一世的春天。

江南的雨巷依旧蜿蜒,只是,再也见不到,结着丁香一样的忧愁,在浮世与年轮里玲珑流淌的女子。或许,这旗袍太奇诡,竟是令人不敢了。

不敢自信的这世间,从少年到中年,究竟还是容不下一件旗袍。细想想,这么多年,我们失去的又岂止是一件旗袍。

# 锦屏记忆，
## 那时烂漫年少

如果你生于70、80年代，恰巧你又是个奉化人，如果童年没有在中山公园疯玩过，那几乎算不得奉化人。

当年的奉化城，仅有这么一座公园，说是公园，实际是一座山，名曰锦屏山，山顶立有碑铭，系蒋介石当年手书。

少年时代，我居住在奉化老城中，当地人称为城里厢，距离中山公园不到两里地。

小学和初中都在城里厢的学堂度过。那时候周六上午还需要上学，下午是学校要求的学雷锋活动，吃过中午饭，以此为借口外出疯野，大人是不会干涉的。

那些年奉化城不大，公路也不宽，汽车当然更是少见，实在寻不到扶着老奶奶过马路的好事，小孩子几乎是人手一把扫帚，去中山公园扫地。

扫地的功夫不会超过半小时，余下的时间都是满山疯玩。男孩子多是打仗的游戏，用铅丝做成弹弓，撕了作业本，把纸裁成一条条叠起来做子弹，打在身上生疼，但又不至于形成伤害，每人口袋里都是鼓鼓囊囊的"子弹"。

现在我从山脚爬到山顶，大概要用个把小时，那些年，猴子一般蹿上蹿下，一个来回也用不到半小时。

山体内部实际是空的，掏了一道道防空洞，里面布满水井和暗室，两条通道的交汇处，以及进出口都有厚重的石门。

　　山脚下有纺织厂,我们经常去偷擦机器的废纱,因为上面沾有机油,极易燃烧。入防空洞是为了"探宝",我们常常不惜把家里带出来的新扫帚缠上废纱做火把,三五成群大呼小叫进入洞中。

　　偶尔会有社会上的小混混,故意躲在洞里吓唬我们,或是敲诈钱财,每进去一次都是对胆量的考验。好几次,因为受到惊吓,只顾着逃命,等到大家丧魂失魄,从各个洞口逃出来,再次聚集的时候,才发觉扫帚丢在洞里了。

担心回家挨揍，只能再硬着头皮往里冲。多数情况，找到的扫帚已经被火烧得只剩一根竹柄。懊恼之下，也只能一边抹眼泪，一边骂该死的流氓。

等到周一上学，相互就会询问，有没有回家吃笋炒肉？于是，就有人撩起衣服，给大家看身上的红印子，一般都是老子用拖鞋或者皮带抽出来的。

到了暑假，更是无法无天。因为有天野到天黑才回家，找了我几个小时的父母，恨得一阵男女混合双打，由此引发了我的第一次离家出走，当晚在山上的亭子里过了一夜。

次日，终究抵不过肚子饿，一边哭一边往家走，到了家居然没挨打，或许是父母找了一夜累了的缘故，也或者是怕真的把我打出家门自此不再回头。

山上多野果，特别是山脚的荷香亭边上，有一株鸡爪梨，每到8月挂果，被我们用长竹竿敲打下来，捡拾入嘴。当年几乎没有零食，这种带有甜味的果实，的确诱人。后来被公园管理员抓进办公室训斥，又吓唬要找家长，这才有所收敛。

学校也会经常组织登山活动。小学一年级的时候，班主任沈老师带我们去看日出，记得是在一个冬日，摸着黑在晨雾中，男同学牵着女同学的手，一步步登向山顶。

在山上吹了大概半小时的寒风，一轮红日从地平线喷涌而出，好像当时也不激动，大家只顾掏出书包里的面包来吃，跟任何一次郊游一样，吃才是主题。

但奇怪的是，往后的岁月里，那一天登山看日出的场景，越发清晰地呈现。亲爱的小孩子，你们还好吗？我很想念你们。

指尖青烟,
可叹世人俗眼

我是从初中三年级开始抽烟的。学校边上杂货铺的老板娘,有圆滚滚的水桶腰,笑起来眯缝着眼睛,面部肌肉抖动的节奏,让人联想到拉皮条的老鸨。

2块钱一包的昆湖或者长嘴牡丹,可以拆开来买,一根5毛钱。健牌或者万宝路这样的外烟,则要一块钱一根。做买卖的时候,遇到有老师进来,老板娘会替我们打马虎眼,甚至直接推进里面的小仓库。

那时候抽烟,不敢在大街上抽,也不敢躲在犄角旮旯抽。因为在上述两种场合,极容易遇到老师,或者是拍老师马屁的学霸们。也可能,会遇到游手好闲,靠敲诈学生混日子的不良青年。

抽烟的场合,一般是公共厕所,那种滋味说不上爽,毕竟那股味道在那里。只是落下了毛病,以后一蹲厕所就想抽烟,抽不到烟就会便秘。抽烟,似乎是为了一种面子。蹲在公共厕所里,要好的男同学一窝蹲着,相互发根烟,懵懂间就有了一种江湖兄弟的感情。

刚参加工作那会,去单位报到前,老娘破天荒给我去买了一包10块钱的云烟,塞我口袋里,嘱咐,"到了单位,给老师傅们发发烟,他们就会照顾点你。"

只不过这包烟的用途,完全脱离了母亲的美好愿望。到人事处报道后,第一件事就是分配集体宿舍,六个小青年住一个房间,个个都是老烟枪,你来我往,一包烟不到半天就抽光了。

九几年的时候,大家伙的工资都差不多,我那时大概拿到600块钱一个月，换如今也算个高级白领了。领到工资的头件事，就是往家里汇钱。刚从学生时代过来，我那时还没学坏，300块给家里，180块钱是一个月的伙食费，剩下120块钱，除了泡妞看电影买歌星新出的卡带，还要挤出钱来买烟抽。

所以，只能抽4块多钱一包的红梅。好在大家的情况都差不多，抽红梅不觉丢脸，反正大家抽的烟，都在这个水准。除非过生日或者结拜把子，才会抽10块钱的云烟或者20块钱的玉溪。

后来辞职出来打拼，到了南京，进了报社，从记者到部门主任助理再到记者站站长，步步高升连带着收入节节攀高，抽烟的水平却不曾提高。5块钱的一品梅抽到2004年，后来还是我老丈人说，"你这种烟，现在连农民工都不抽了。"

这才改抽起10块钱一包的红南京。我觉得10块钱的烟的确比5块钱的好抽，但价格再往上，哪怕那些年被垢言很久的"腐败烟"九五至尊，抽在嘴里的味道都差不多。更重要的一点，保持抽10块钱香烟的习惯，能够杜绝被"拉下水"的危险。

当记者哪个没有被"腐败"的机会，你抽高档烟，人家投你所好，你收下了，不是被当枪使，就是让你收起枪，所谓的"铁肩担道义"，顷刻化作"有烟便是娘"。

做了将近10年的深度调查记者，得罪过数不清的权贵，但别人拿我没辙，因为我只抽10块钱的烟，人家想"腐败"我都感觉没意思。

直到近年，我自己创业开公司，这才开始抽70块钱的中华烟。因为收入水平允许我天天抽中华，因为生意交往需要"体面"，更因为一桩让老丈人念念不忘"丢脸"的事。

老丈人家在江苏北部的一个小县城，第一次跟老婆回家去拜见老泰山，顺带在那边过年，特地去烟酒店买了两条"金南京"，200块钱一条,个人感觉已经"拿得出手"。

过年要去走亲戚,老丈人分了我一条"金南京",让我见了亲戚发一发。大多数亲戚对我这个"毛脚女婿"很友好,唯独有位老兄一直对我爱答不理。我倒也未曾放在心上,只是往后过年见了他,敬而远之罢了。

结婚以后,多数的春节都在老丈人家过,随他们一家外出走亲戚拜年,一成不变的程序,唯独有一点变得不同。那就是大年三十晚上,老丈人会塞几包中华烟给我,交代我,"出去拜年就抽中华",我以为这是习俗,图个吉利,也不曾询问究竟。

慢慢地年数多了,我发现一个秘密,一过完年,老丈人就开始"囤积"中华烟。有去吃喜酒时酒桌上主家发的烟;有我参加活动时,人人都有份的礼烟,孝敬老丈人后,被他"收藏"的。无论何种途径得到的中华烟,只要到了老丈人手里,必定被他锁进橱柜。而后总会在年三十晚上,与我"分赃"。

有次爷两酒喝多了,老丈人翻出陈年谷子烂芝麻的破事。说我第一年跟他去拜年,我给亲戚们散发"金南京",那位一直对我冷冷淡淡的老兄,对他说了一句话,"还报社记者呢,就抽金南京这点档次?"

后来,我不再让老丈人"囤积"中华,因为抽中华烟,于我的收入水平,不是奢侈的事情。

但就买中华烟这事,我还是当了两年土老帽。我一直以为中华烟就是700块钱一条,直到去年,因为答谢一位兄弟的帮忙,我去烟酒店买中华烟,老板问我,"要普通的还是三字头的?"

我这才明白,这烟里,原来还有这么多门道。

只是我依旧顽固,口袋里永远都是两包烟,一包"金南京"一包"三字头"中华烟。抽着"金南京",不会让我忘记自己从哪里来,中华烟无非是为了应酬,或者说,满足自己或者别人的面子。想想也是可笑,面子这玩意,居然要靠香烟来支撑。好在,私底下,我还没忘记自己是谁。

纸鸢竹马，
始觉春光醉人

阳光从草地潜伏进我的窗台，空气寒凉依旧，弥漫着水汽的窗玻璃，依稀有昨夜霜花消退的痕迹。苏醒了的城市，在窗外无法无天地喧闹。

阳光被彻底惊醒，在几盆绿植上炸裂开来，透着一番明净的欢喜。那透着的欢喜，恰如这些时日蠢蠢欲动的小心思，有着一种触手可及的希望。暌违已久的春，以这般方式，重新降临世间。

处理完案头的工作，午饭的时间尚早，想着一公里外的仙林湖公园，久已不去，莫若去邂逅一番春光，倒也美妙。晴风暖阳，仿佛空气中弥漫着初恋的味道，有人在放纸鸢，在久违的蓝天里追逐。红的、绿的、黑的、白的、紫的，姹紫嫣红，恍若小学生的课文书上，那些令人怀旧的画面。

我曾有过一只纸鸢。那是一只鱼鸢，在水暖春江的童年，浮游过杜鹃满山盛放的时节。

清早，祖父从山间砍来一株绿竹，劈成篾条。简单的两根篾条，一头用棉线扎紧，余下的交叉固定，前端做鱼头，中间用竹枝撑开，形成椭圆形的鱼肚，尾部用短枝固定，做成鱼尾。

祖母取出压箱底的纳鞋布。这布，曾是我襁褓中用过的尿布。一片片扯来这花花绿绿的布条，浑身披挂，学着戏台上看来的腔调，"阿娘阿娘，我唱戏文给侬听。"

祖母笑着夺了回去，"哦呦，小时光屙屎屙尿垫屁股的东西，盖到头上腌臜不？"

我搬了凳子挨着祖母坐下，看着她制作鸢子，小小的心早已遮掩不住漫天的遐想。

"阿娘阿娘，鸢子啥时光做好？"

"心莫急，等歇歇就好了。"

"阿娘阿娘，鸢子好飞多些高？"

"鸢子飞到云彩里，天上的太公太婆都晓得是阿拉阿囡在放鸢子，太公太婆摘了棉花糖给阿囡吃。"

"阿娘骗人，天上哪有棉花糖？"

"侬看天上的云，都是菩萨变出来的棉花糖，阿囡把鸢子放得高高的，就能吃到棉花糖了。"

我望了望天上的云朵，催促着祖母，"阿娘阿娘，鸢子啥时光做好？"

祖母笑着和我说话，手里的针线不曾停歇。尿布一块块拼凑缝合，照着架子的比例裁出鱼的形状，用针线缝在鱼鸢的竹架上，又裁了长长的两条布，绑在鱼尾做飘带。

这只纸鸢仅有一次上天的机会。那是大我六岁的堂叔，在山脚的田野间，花费了一个下午送上天空的。

而在余下来的时间里，纸鸢被我用一根长长的棉线，从村的东头拖到村的西头，在与地面的摩擦中，与树木的纠缠间，跌跌撞撞、缝缝补补，陪我度过了一季的春光明媚。

夏天的时候，我去了城里的小学堂上学。那个纸鸢，祖母挂在墙上有好几年，祖父劝她扔了，因为厚厚的补丁，已经让纸鸢飞不动了。祖母却一直念叨，"这是阿囡的宝贝，阿囡回来要玩的。"

而我，到底没再碰它一回。

小学三年级的时候，班级组织纸鸢比赛，要求学生人手一只。回家告知父母，央求他们去集市上买一只。那时家境窘迫，父母自然舍

不得花 5 块钱买一只纸鸢,我哭闹了好久,终以被暴扁一阵收场。

来城里探望我的祖母听说后,忽然觉得自己有了事体可做,不声不响走了 20 余里的地,返回山村的家,取了那只早已被我忘却的纸鸢来"救驾"。

"阿囡、阿囡,侬看,阿娘一直留着呢",祖母自认解了我的困境,言语里都是骄傲。

我却在气头上,加之这只纸鸢实在卖相难看,一把夺来掷于地上,用脚狠狠踏了几下,"嘎难看的东西,拿去学校,塌台去啊?"

祖母默默捡起纸鸢,愣了好久,直到母亲要将我拖出去教训,才回过神来,将我抱到一边,用袖子抹干净我满脸的泪水。"不就一只鸢子吗?打小囡做什么?"祖母埋怨着母亲,拉了我的手往外走。

祖母执意当晚要回去,我送她到弄堂口,分别的时候,我的手里多了几张钞票,一毛两毛的钞票,整整5元。

祖母一辈子没有工作,也从不开口问儿女要钱,但她似乎从未缺过钱。放假回村的日子,她总能掏出钱来,去村子里的肉铺割肉,去鱼摊买鱼,将我小小的肚皮塞成滚圆。

只是到了长大以后,我才时常忆起,那清晨的乡间小道,祖母花白的头发在晨风中飞扬,一担地里割来的蔬菜,从山村挑往城里的早市。

祖母离世已近10年,儿时随她生活的时光,总在旧梦里依稀。我终究没能让纸鸢飞入云彩,我不知道天上的祖母,是否能看见我。只是那只纸鸢,我再也没有见过。

灯火阑珊,吃饱了肚子再说

陆

夏日未央，
少女心可解否

斜阳微醺，坐于亭台，享清风，尝莲子，该是何等风雅之趣。昨日家园，有荷塘隐于深巷，春来冬去，季节更迭，唯有这一池风月，静观人间世事，缄默不语。

少年不知愁滋味。我不会惊讶于清荷盖绿水、芙蓉披红鲜这般的欢愉，更不会嗟叹萧疏秋已暮，留得残荷听雨声的悲凉。我只欢喜于这盛夏，那一枝枝擎于红花绿叶间青翠的莲蓬。

松木箍起的洗澡盆，可容孩童躺卧，或于晨露未收的拂晓，或于烈阳消退的黄昏，呼喝起院落的孩童，齐齐举起澡盆，似一群远征的将士，雀跃着奔赴深巷底处的荷塘。

澡盆仅可载两人，选瘦弱者入盆，漂浮于水面，岸上一众小伙伴，指点着视线所触的莲蓬，焦急指挥盆里的人，速速划上前去，生怕稍稍迟一些，那莲蓬就会消失一般。采莲的人划水划得手膀酸痛，岸上的鼓噪声片刻不停，干脆躲进莲叶深处，顺手拿起一枝壮硕的莲蓬，怡然自得剥起莲子来。

去掉青色的外皮，细致撕下内里薄薄的衣，丢入口中，上下两排牙齿轻轻一合，一股清香袅绕齿间。急着在上岸分赃前朵颐一番，自然顾不得剔去莲芯，那嫩生生淌出绿来的萌芽，和在新鲜的莲子里，竟不觉一丝苦意。

上岸后，自然少不了一阵骚乱，所幸事先讲好规矩，采莲者多得两枝，不得争抢。

分赃完毕，各自捧着莲蓬欢喜回家。

祖母在世时，常将多余的莲子煮熟，唤了家中孩童，杜撰着讲了无数个版本的神话，哄着我们剥莲子。

神话里的莲是个圣洁的少女。祖母虽不知南朝《西洲曲》里描述的爱情，却极乐意为莲赋予美好的爱情想象，"后来，她嫁给了一户好人家"。

虽多次笑话祖母，故事编的连小孩子都不信，却埋下了一番痴情，深信这莲子就是一颗颗玲珑少女心。

洁净的月光，透过层层檐瓦，清辉洒满庭院，一粒粒清润的莲子滚落青花瓷盆，那般时光，多少次午夜梦回，令人不禁惆怅。

剥出的莲子，就着暑夏的暴日摊晒，晨晒夜收，莲子发脆变硬，用竹签细细剔出莲芯，与莲子分开收纳。

祖母深信莲芯可降心火，每于清晨泡茶时，投入七八粒。我未曾喝得惯这略带苦味的茶，却也深信祖母的话不虚，活了九十几岁的祖母，一辈子心平气和，似乎从未与人红过脸，想必是她懂得利用天地馈赠，养护心气的结果。

莲子却是留给孙辈的，如这酷暑天，孩童脾胃差不思饮食，祖母取出小辈孝敬的银耳，用水发泡，与莲子同煮，至稀烂丢进几粒冰糖，哄着我们吃下。

在那个零食匮乏的童年，一碗银耳莲子羹，实在令院落里的孩子羡慕不已。几次三番，摸准了行情，都在羹香弥散的时候，小孩子们都会围拢到家里来。一个个都不说话，小眼珠子盯着噗噗冒着热气的锅灶。

祖母心知肚明，却不驱赶，轻笑着拿出些许小碗，每人舀上一勺置于纳凉的小桌，嘱咐，"吃了我家的，以后不许欺负我家囡囡。"

有的吃,当然点头也快,吃完却是忘了个精光,白日里依旧厮打得欢快。

当我们这些已过中年的发小一起聚会,回想起那年时光都会忍俊不禁,直到有一个说:"阿娘走了快 8 年了吧?"

时光陷入沉寂。

姑苏味道，
满盘珍馐逊色

立秋过后，就到了鸡头米陆续上市的时候。最初尝到的味道，是一位苏州姆妈招待我的一碗溏心鸡头米。

苏州人对吃相当挑剔，被誉为"水八仙"之冠的鸡头米，烹制得考究更不例外。火候是关键，一碗水下锅，大火烧至有蟹眼水泡冒出，随即将鸡头米投入水中；等到有鱼眼水泡冒出，连忙撒入白糖和桂花；等到水中有串串气泡从锅边升起，赶紧起锅。

迟几秒钟，这鸡头米就煮老了，味同"嚼橡皮"。而煮得刚刚好的溏心鸡头米，表面软软的，内心却是糯糯的又甜又韧。自此，对这姑苏味道有了强烈的留恋，每到鸡头米上市时，总归要买些来尝尝。

昨天，苏州的兄弟来电话说："鸡头米快熟了，给你留几斤。"

兄弟的家中有几亩水田，在自古有种植鸡头米传统的甪直镇，自打认识后，年年都送我一些。我在家时，会煮这个溏心鸡头米，有时也会用藕丁、荸荠丁一起炒，都是苏州姆妈教的手艺，家里人吃了都叫好。

鸡头米必须用水包裹在一个个小盒里，存放在冰箱里冰冻，随吃随取。有一天我从外地回来，岳父说这鸡头米好像变味了。我取出来一看，不曾有变质的迹象，于是问他怎么回事。

结果他告诉我，拿了一盒子鸡头米放在粥里煮，"吃起来硬硬的，没有一开始你烧的好吃。"

内心一万头草泥马奔过，这是把鸡头米当超市里卖的芡实的节奏

哇,虽然它们就是新鲜与晒干后的区别,可要是让苏州的吃货们知道了,岂不捶胸顿足,痛斥暴殄天物啊!

今年却不敢让兄弟多送,只嘱咐留个把斤尝尝鲜,倒不是因为鸡头米百余钱一斤的价格,实在是亲眼见过采收的辛劳,会在吃的时候想起《悯农》这首诗来。

鸡头米是睡莲科芡属植物,原生种为有刺野生种,即一般说的北芡,南芡则是经过培育后形成的无刺的栽培种。

南芡粒大整齐、色黄、壳厚、性糯,品质好,主要分布在苏州东太湖地区。清代沈朝初的《忆江南》有云:"苏州好,䓍水种鸡头,莹润每疑珠十斛,柔香偏爱乳盈瓯,细剥小庭幽。"

鸡头米的叶子庞大,将整个河塘盖得严丝无缝,叶片通体油绿,中间向外放射的叶脉之间布满了皱褶。农户踩着泥水,深一脚浅一脚,在叶片之间艰难摸索,探到果实后,以植株为中心,用竹刀在叶子上划出一个圆,随后将果实拉出水面,又在根部快速划上两刀,割下放入竹篮。

采摘鸡头米,农民天天泡在水里,从天微微亮一直忙到晚上七八点,中间只有吃饭喝水的时间稍作休憩。而这段时间,正是秋老虎肆虐的季节,头顶上的日头很毒,一天下来,除了直不起腰,衣服上都是汗水干透后的盐斑。

一个拳头大小形如"鸡头"的果实,剥开后里面藏着上百个橙色小果。鸡头米好吃,但要剥去坚硬的外壳,却是一件苦活。刚开始采收时节,外壳还比较嫩,用指甲就能剥掉,到了中后期,须在手指套上铜指甲,甚至辅助以老虎钳才能破壳,几天下来,指甲都是开裂发黑的。

所以白食不敢多吃,也照旧会去街市照顾农民生意,遇到有卖鸡头米的,不再纠结于一两块钱的差价,毕竟还有人愿意这么辛苦地去种植,年年都能吃到嘴,也算是此生有福。

参禅悟道，
不过一碗素面

人须得要有点心事方才活得下去吧？夜半醒来，脑子里尽是些胡乱的念头，但唯有这思想在冬夜的发情，让我在行尸走肉般的生活里，望见了一丝光亮。

周日一早，儿子钻进我的被窝里。冷不丁一团冰凉的玩意挨着身体，惊醒了这正好的睡意。天晓得，当夜我只睡了不到三小时。这是再正常不过的，《早晨从中午开始》，这是路遥先生写过的一本书，于我却是生活的常态。

"爹，什么时候去灵岩山？"儿子讨好我的时候，愿意用我喜欢的称谓。知道是睡不成了。一个孩子的念想是固执的，从他回程的一路酣睡可以想见，这一夜他也不曾完全入梦过。

一路驱车，儿子的视线一刻不曾离开导航，他计算着目的地的距离。抵近苏州境内，逐渐能见到隐隐的山脉，他便问，"爹，哪一座山是灵岩山呢？"

恐怕每一道山峦他都指点遍了，我不忍打消一个孩子对于一次旅行朝圣般的心情，按捺住困意的袭击和与生俱来的坏脾气，强作哄羊入口前灰太狼的慈眉善目，"就快到了，再一小会儿我们就到了。"

终于是到了。

爬山似乎是祖传的强项。小时候，老家就在四明山脉下的一座村庄，爬山钻林子摘果子，是考验一个孩子能否满足三餐之外味蕾享受的本领。

搬进城里后,唯一的一座公园也是一座山。此山名气不大,却得民国蒋中正先生亲笔,谓之锦屏山。看日出、晨练,锦屏山是必去之处;课余相约小伙伴疯玩战争游戏,甚至夜黑后赌气离家出走,锦屏山是个好去处。

基因代代相传,儿子到了灵岩山脚下,自然不顾即将老去的亲爹,脚底板生风呼呼往上蹿。从山脚延绵到山顶,乱纷纷的男男女女、老老少少,在几个和尚的引领下,一步一跪拜、一步念一声佛号往上跪行。

和尚似导游一般,腰挂扩音器,一个声麦挂在嘴边,"阿弥陀佛,跪……起……",这一行男女便依言做动作。

却不见这和尚跪拜的,又占着道路中央,窄窄的山路由此拥堵不堪。我欣赏人的虔诚,虽然大多数人是带着欲望而虔诚,但我厌恶这故意制造的人潮。顾念自身的虔诚却忘守公德之人,我若是佛,必定拿一根鞭子抽打下去。

烦躁中紧拽儿子的手,使出腾挪闪躲的移星大法,以简直要窒息和一身臭汗的代价,终以超越我这年龄的速度,摆脱了这一路的欲男欲女。

到了山顶进了庙门,烧上一炷香,祈福国泰民安。这是我烧香拜佛的唯一理由。我心中自有佛,向来参佛却不求佛,一个求字让我无法进入佛陀的思维,我若不变身佛,又怎知佛理的奥妙?儿子倒是把每尊佛和菩萨、罗汉金刚拜了个遍。我自随他去,一个孩子心中有敬畏之心,将来不至于活得混沌。

拜完佛,儿子就问,"爹,面呢?什么时候去吃面?"

这是我计划行程时,儿子问我,"灵岩山好玩吗?"

"好玩,山高路陡,遍地风景。"

儿子笑了笑,没有继续问话。我却是要激发他更强烈的期盼,信

口说:"话说,这山上有一座庙,庙里售卖一种素面堪称人间美味,吸溜一口,爽、滑、鲜美、有劲道,想一想都能鲜到脚趾头去。"

"爹,你吃过?"傻小子果然上当,忍不住舔了舔嘴唇。

就让他遐想去吧,猛然变脸大喝一声,"赶紧做作业,否则老子不带你去了!"

当下儿子问起,一看时间刚刚11点,于是带了他去。排队等面的时候,儿子已是忍不住,一再问,"什么时候才能吃?"

"话说这心急吃不得热豆腐,当年猪八戒囫囵吞下一枚人参果……"

儿子鄙视地白了我一眼,自己坐到位置上再也不搭理我。面姗姗来迟,端来后埋头大吃,小子吃得津津有味,实则是爬山饿了,哪来的什么天下美味。

吃完面,儿子把嘴一擦,感叹道,"灵岩山真好玩。"

我愣了良久,终于恍然大悟,在儿子的心中,实际一碗面就是灵岩山了,他念念不忘的旅行,一路惦记的灵岩山,最终竟是为了一碗面。

最终我也释然,于孤独中寻找快乐,管它东南西北风还是妖风熏风,坚守自己的念想,这便是人生存在的意义了。

有间茶馆，
一片浓烈江湖

待客以茶，已成为一种不成文的规矩，到别人办公室，主人是否给你泡茶，足以看出交情深浅。越来越多的人，都将茶壶、茶盅当作了办公必备良品，有条件的，当然还要摆设一套茶桌。

装逼越来越高级，喝茶越来越没味道。好几次去一些老板的办公室，看着他们手腕上戴着搞不清材质的圆珠，背靠着励志风雅的字画，唤来风姿摇曳的秘书，为我"表演茶道"，没来由的不觉想笑。

也曾被友人邀至茶馆。内里装修精致，挂字画，设香炉，动辄一壶以上千标价，服务员穿着对襟的汉服跪坐在茶桌对面，用介乎于表演的手法导出每杯都几十块钱的茶水。再加上硌屁股的硬木椅子旁，还一定要配两本禅书，你不去翻上一翻，都会让人鄙视你没品位。这茶每喝一口都让人感觉胆战心惊，与其说是喝茶，莫如说是在烧钱装逼买罪受。

若是他年有了家财万贯，我定要去甪直古镇开一家茶馆，还你一个干干净净、清清爽爽的喝茶本源。

古镇上熙熙攘攘，三教九流，如过江之鲫，本就是市井江湖。江湖该有江湖的豪气，挑一杆旗，大大的茶字迎风招展，几张八仙桌、朱漆大条凳大咧咧布开，取下店堂排门，坐在里面的人看得见外面的风景，外面的人看得清里面的乾坤。

目光游离不经意碰撞到熟人的眼珠子，火石电光之下，一拍手掌，一声大喝，"进来吃杯茶再走！"

好不豪迈!

天光似亮非亮,老虎灶已经烧得热彤彤,炉里的井水翻腾,水汽氤氲整个屋子,老茶客陆续光顾。无二话,先是丢过一条热毛巾,茶客净面净手,伙计已经摆上茶壶、茶碗,碗是大盖碗,一早囫囵个够,冲刷掉一宿的腌臜,自然一天的神清气爽。

管你是贩夫走卒还是达官显贵,对不住,要喝茶,本店生意火爆,挤一桌吧,若是你受不了这满堂的汗酸烟味,门外的廊棚临水而筑,自去搬了桌椅逍遥。

早上事多,养家糊口哪来给你孵茶的时间,麻溜吃了茶,给你上一碗阳春面、三菇面、爆鱼面、雪菜肉丝面,红汤白汤你随意,吃完赶紧上班去。午饭过后稍事休憩,茶馆又是一片热腾,烟雾水汽蒸腾,茶客们嗡嗡嘤嘤的聊天声、啜茶声、剥瓜子声,还有胸前挎着小货架穿梭在茶客间识相地轻声叫卖的声音,不是菜市场胜似菜市场。

干吗呢?江湖嘛,要的就是个热闹!茶馆设有戏台子,不演京剧,京剧太吵;不演越剧,越剧有点悲。奉上姑苏评弹,弦索叮咚,吴侬软语,身姿曼妙的小娘鱼一句开场"甪直好风光",满座叫好!

伙计忙着穿梭茶客间,手持纸折扇,两面书写曲目,客人随意。愿意在此捧红一个角,尽管砸钱,钱多人不怪,不愿掏腰包,您顾好面前的茶,老板我请客,随意欣赏。

江湖中人要的就是一个义字!等到咱有钱了,就来甪直古镇开茶馆,守着这一片浓烈的江湖,与尔同销万古愁!

# 正月十三，太湖猛将出巡

在 5 岁的小婉婷眼里，正月十三，是一年中最热闹的日子。这一天，从清晨开始，家家户户都在忙碌，女人们忙着拿出家里的锅碗瓢盆，洗洗涮涮，男人们杀鸡宰羊，预备着一天的伙食。

小婉婷穿着红艳艳的新衣服，在忙碌的大人中间穿来穿去，手里的皮球不时被抛到半空，降落时与锅碗瓢盆碰撞出乒乒乓乓的动静。

这一天，她就算再调皮，大人都不会发脾气。

她的舅舅盛新民，却是一身的风尘，昨晚刚跟客户谈完生意，一早就从北京匆匆赶来，"春节可以不回家，正月十三必须回来，所有蒋家村的人，这一天都会待在家里"。

村口爆竹的声响惊天动地，"猛将出来了！"盛新民站在院外，已经搭起的香案，开始点烛供香。

一支敲锣打鼓的队伍向村里徐徐走来，走在最前的壮小伙，手持一面杏黄大旗，英武的猛将坐像，由四位壮汉抬着，紧随其后，敲锣的、打腰鼓的、舞连厢的队伍将入村的甬道挤得满满当当。

家家户户的门口都摆上了香案，一家之主领着老老小小，在队伍通过的时候，向猛将坐像供香、礼拜。

"村里每个组都会抬着猛将出来游行"，盛新民说，蒋家村的人最看重正月十三抬猛将的习俗，几乎是家家出钱、人人参与，比过年还要热闹。

抬猛将，是苏州太湖区域的民俗，尤以胥口镇蒋家村最为浓郁、原汁原味，目前已被列入苏州吴中区非物质文化遗产保护项目。据文献记载，猛将是驱蝗神，清代官府曾将他作为"驱蝗正神"列入祀典。但在苏州民间，猛将不止于驱蝗，农民祈求驱除农作物病虫害，一年都风调雨顺；渔民祈求鱼虾满仓、风平浪静；蚕农则祈求蚕花茂盛，年年都有好收成。在当地民众的心目中，猛将是一位热心为民、有求必应的保护神。

五六支抬猛将队伍穿村而过，已近中午，热闹逐渐散去，猛将坐像被安放在村内的晒场。午饭过后，陆陆续续有村里老少前来请香、拜谒，而后将香烛供奉至边上的猛将堂。人越来越多，不单单是蒋家村的村民，来自海内外的游客，将这个平日宁静的村庄，营造成一处人声鼎沸、欢声笑语不断的庙会。

下午，照例是村里各个组依次抬着猛将游行。与游客们忙着四处照相留影不同，蒋家村的大人们，都开始为晚宴忙碌，这一天，各家都会有亲友登门，大锅灶上炖着猪羊鱼肉，各色冷盘、成箱的酒，依次摆上台面。

孩子们则聚集在猛将台前，趁着大人们忙碌顾暇不过，拾起台上的锣鼓，有模有样地敲打起来。一个下午，孩子们敲锣打鼓声不曾停歇，你刚放下，他又抢起来，却不闻大人们呵斥一声。或许，这种对孩子的"放任"，就是蒋家村人留住传统、延续传统血脉的一种潜移默化。

天将将暗下来的时候，我被好几家村人拉进屋里。酒席已经开场，家家户户张灯结彩、宾朋满座。这一天，好客的蒋家村人，会把每一位前来轧闹猛的客人请到家里，不管认识的、不认识的，坐在一桌就是一家人，倒上一碗酒，夹上一块乡土味浓郁的农家菜，祝福的话语不断。

"就是要闹猛，闹猛才预示着一年的日子红红火火"，如果客人不好意思，主人倒更像失了面子，一个劲地劝客人，"放开了喝，放开了吃！"

204
・
散落一地的溫柔

晚饭过后，全天活动最精彩的部分——"抢猛将"正式开始。不论气候如何，抬猛将的壮汉们都必须赤膊上阵，还要分成几组抢猛将坐像，抢到的一组才有资格抬着坐像在村里跑上几圈。

虽已入春，但入夜后的气温却在零度以下，准备抢猛将的壮汉们已经脱去了上衣，人群将他们围得水泄不通，这热烈的气氛，竟将壮汉们烘出了一身的汗。

晚上8点，领队一声吆喝，伴着手里的锣鼓铿锵响起，8个精壮的大汉迅速跟上，他们抬起猛将坐像，风驰电掣般向前、向前，穿越原本拥堵又迅速向两侧后退的人墙，眨眼间，消失在了村巷的尽头。似乎，一切都没发生过。剩下目瞪口呆的游客，久久才爆发出雷鸣般的喝彩声。

直到看完了几次抢猛将的前后过程，我才大略清楚：每次抢猛将，前头始终有一位赤膊的壮汉敲锣开道，后面抬坐像的大汉，口中不停呐喊有节奏的号子，风一样地奔跑，即使在经过狭窄的弯路时，也丝毫不减速。

大汉们抬着猛将绕村跑一圈大概3分钟，每组要奔跑三圈，再由下一组接力继续。活动的最后，壮汉们还把猛将坐像抛向空中，然后稳稳接住，才算最终圆满。

当人群逐渐散去，村庄再次回归宁静的时候，在盛新民家的晒台上，小婉婷拍着小手，嘴里奶声奶气地喊着，"国泰民安、风调雨顺"。

这是一个祈求丰收、安详的节日。

"我们祖祖辈辈生活在这里，祖祖辈辈都敬猛将，这个习俗我们会一代代传承下去"，盛新民点燃了一挂鞭炮，喜庆和祝福的声音传出很远，很远……

流年慌乱，
忆旧景独怅然

天光一点点地亮起来，玻璃窗上的水汽，淌下一道道细流，从流淌过的缝隙间，透进来一丝丝白光，那是尚未融化的霜的颜色。祖母早已起床忙碌，灶膛里燃烧的火焰，在灰暗的天色中跳跃，屋子里忽明忽暗，柴火的气息，氤氲开来。

在被窝里捂了一夜的盐水瓶，被重新取出，灌满锅里煮沸的水，用大毛巾裹着，塞进我的怀里。厚实的棉被是极为保暖的，只是祖母担心我会受冻，天天如此。我睁着眼，却不肯起来，等着祖母把泡饭和小菜端到床边。

我懒懒地仰起半个身子，祖母把棉衣披在我的身上，在被头垫了干净的布，放了饭菜在上边，嘱咐我，"阿囡乖，天亮饭吃过，帮阿娘做点事体。"

说着话，又闻到了烧锅的味道，祖母急急忙忙转到灶膛间，一阵舀水入锅，"呲"的一声响。灶膛间连着祖母的睡房，十岁之前，我靠着祖母睡，天天在祖母的忙碌中醒来。

农村的妇人们大体每天都是这般忙碌，只不过，这天更加忙碌。今天是大年三十，一大家子要聚在一起吃年夜饭，第二天要招待来拜年的小辈，祖母忙得像个陀螺。

前一锅烧开的沸水，是用来拌米糠的。拌完了，祖母才想起，家里的那头大肥猪，前些天已经请村里的屠夫宰杀了。祖母懊恼了一阵，又去涮锅煮水，早起祖父杀了家里养的两只鸡，扔进沸水里烫过好拔毛。

村里的水库捞了不少鱼上来,家家户户都有的份,大的有小孩子这般高,早些天挂在梁上,今天要取下来刮鳞剖肚,做成红烧。

头几日,缸里撒了一碗绿豆,上面压着石头,祖母天天洒一遍水,现在长成了嫩嫩绿绿的豆芽菜。菜要烫熟,跟早起发泡好的木耳、黄花菜拌一起,浇上麻油和酱醋,做成的什锦菜鲜爽可口。

祖母顾不及我,让我自己穿了衣裤起床,去灶膛间洗脸刷牙。祖母坐在灶前烧火,一眼瞥见我穿反了裤子,丢了火钳,笑着唤我过去,抱我坐在腿上,重新扒下来穿好。

祖母日常是从不抱怨的,这一天忙得周转不开,也会嘀咕一句,"忙是忙得唻。"

但依旧是不肯停歇一下。鲞烤肉的味道,随着锅汽涌出来,受不得这鲜香的诱惑,我嚷嚷着要吃。

才刚刚烧开锅,这美味却是万万不敢给我吃的。这鲞是海水里长大的河豚晒的鱼干,未经煮透仍有毒性,年年都听说哪里哪里有人中毒的传言。

"阿囡乖,来来来,我们吃一个鱼泡泡",祖母拗不住我的纠缠,从那盆出锅的红烧鱼里,挑了最大的鱼泡塞我嘴里,"咪道赞伐?"

年前的忙碌,小孩子是无事可做的。顶多是被差使去柴房抱一捆柴,余下的时间,就是围着锅台,央求祖母舀一碗肉汤,润一润缺少油水的肚肠。或是等着祖母从锅里夹出几片肉食,塞到我的嘴里,让我"看看熟了没有"。

过年,就是一场比拼家里女人厨艺的决赛。那些年,食材不多,家家户户都是那么几爿肉、几条鱼,或是几只鸡鸭,但各家做法不一,串门子拜年的日子,女人间的唠叨,总离不开厨艺的交流,被人夸几句,很是美滋滋。而男人们,在杯觥交错间,则有了炫耀自家女人贤淑持

家的底气。

儿时的年，总是这般的忙忙碌碌。而我也固执地以为，过年就应当这般忙碌。只是很多年以后，我突然惊觉，每逢过年，我总是在酒店的餐桌上度过。各家比拼的底气，不再是自家姆妈的手艺，而是谁家请客的酒店更高档，待客的菜肴更精致。而这年，却是越发的没有味道。

不再忙碌的年，仿佛少了些温度，败给了慌乱的流年。

*招惹乡愁，*
*那块济世年糕*

江南人家，每逢过冬，年糕是必备之物。在我幼年的记忆里，冬至过后，家家户户都要挑了百十斤米，去河埠头淘洗后，置于大水缸内，担来井水浸泡。

待米泡松发后，上锅灶蒸煮，旋即担至溪畔石臼，家里男丁全体出动，轮换着用力舂打米团。女人们则就近搭起台子，趁热乎将米团搓揉成大小长短匀称的条状，再用木板压成扁平，一块块码放起来。

老人们眼尖手快，一块年糕搓成，拿起沾了食用色素的"印章"，在年糕上轻轻一点，那火红的颜色，将年味一点点晕染开来。

那年时节，家家户户都要做上几十斤，甚至上百斤年糕。村子的上空，弥漫着米香，小孩子们从这一家串到那一家，抢过一块块刚做成的年糕，迫不及待塞进嘴里咀嚼。一边吃还一边评头论足。但吃了人家的，待人询问，总不至于说坏话。

"咪道赞否？"

"赞哦！"

做好的年糕，可以放置一年，为防干裂，往往都浸在水缸里"养"起来，随吃随取，十分方便。

年糕的吃法也多样。可以整条扔进灶膛的炭火里煨熟，外焦里糯，十分弹牙。也能切了片，与菜蔬肉片同炒，爽滑劲道。我最喜欢的，莫过于这个季节，用山里挖回的冬笋切丝，加上秋季腌制的雪里蕻，再加一点肉丝，与年糕片同煮。这一碗鲜香，温暖着我数十年在外漂泊的乡思。

前些时日，到苏州胥口老街游玩，忽闻阵阵米香。见前方有一糕团店，门口的炉灶烧得火旺，蒸屉上的雾气笼着小小的门面。走近细瞧，方知店家正在制作年糕。

传统手工年糕的制作工艺，南北大致相当。不同的是，我的宁波老家，制作年糕时，仅以糯米和粳米按比例搭配，不添加任何佐料，俗称水磨年糕。

胥口老街这家糕团店的年糕，却要在米粉里掺入红糖或白糖，并无一例外的要撒上桂花提香，称为桂花糖年糕。桂花糖年糕，也是往日苏州人必备的年货。现在因为四季都能买到，倒也不觉稀奇了。

有关年糕的来历，南北各有传说典故。苏州人更愿意把它和伍子胥联系在一起。春秋战国时期，阖闾命伍子胥筑阖闾大城（既现在的苏州古城）以显功德，城垣建成后，吴王摆下盛宴庆贺。

席间群臣纵情酒乐，认为有了坚固的城池，此后便可以高枕无忧了。唯独国相伍子胥，颇感忧虑，嘱咐随从道，"满朝文武如今都以为高墙可保吴国太平。城墙固然可以抵挡敌兵，但里边的人要想出去也会同样受制。如果敌人围而不打，吴国岂不是作茧自缚？忘乎所以，必至祸乱。倘若我有不测，吴国受困，粮草不济，你可去相门城下掘地三尺取粮。"

几年后，阖闾驾崩，夫差继承王位。在国事上，夫差被伍子胥的几番谏言所惹怒，又听信太宰伯嚭谗言，认定伍子胥阴谋倚托齐国反吴，赐宝剑于伍子胥，令其自杀。

伍子胥自刎后，越王勾践举兵伐吴，将阖闾城团团围住，吴军困守城中，炊断粮绝，街巷内妇孺哭声惨不忍闻。情急之下，伍子胥当年的随从，忽然想起他的嘱咐，急忙召集百姓前往相门掘地取粮。当

挖到城墙下三尺深时，众人发现，原来城墙的基砖是用糯米做的，蒸熟就能充饥。

依靠这些糯米做的城砖，城内百姓暂时度过了饥荒。此后每到寒冬腊月，苏州人就用糯米制做城砖形状的"胥王糕"，来祭奠伍子胥。因从腊月开始，就进入了年关，故此又将"胥王糕"称作年糕，也有取"年年步步登高"的吉祥之意。

听苏州当地老人讲，旧年时节，大家备年货，时兴到胥口买胥王糕，就是因为胥口的年糕最正宗。

这也是有一番典故的。公元前 484 年，伍子胥自刎后，夫差命人将其尸投之于江，尸体沿江漂浮到现今的胥口。胥口人民为纪念这位吴国忠臣，不仅将他们生活的土地更名为胥口，还相继建起了子胥墓和胥王庙，并将由伍子胥率众开挖的江南第一运河命名为胥江，把附近的小山命名为胥山，濒临的太湖命名为胥湖。

更有人说，吴国城破之后，伍子胥的后人得到了胥口人的保护，世世代代隐居在此。兴许，那家糕团店里热腾腾的年糕，正是出自子胥后人之手。

如今，历史的风尘已经掩盖那段刀风剑雨的峥嵘。走在胥口老街，那氤氲的雾气里弥漫的米香，不仅承载着苏州人对于历史的缅怀，更已成为代代相传的姑苏味道。

一碟咸齑，
道尽故土滋味

年前，乡友送了些小黄鱼过来。前日亲友聚会，被岳母一锅烩，红烧了。众人都说新鲜、味美，我偏是尝了一口便不想下筷。酱油的味道，掩盖了黄鱼的鲜香，深锁了大海的气息，心里暗暗痛惜，真真是暴殄了天物。

不禁怀念起故乡的咸齑来。咸齑炖小黄鱼，绝对是最佳拍档。咸齑的鲜咸，沁入小黄鱼肥美的肉质，不但掩盖了海鱼的腥味，还为海鲜增添了一份乡野的清新。小黄鱼释放出海洋的味道，揉入咸齑的茎叶里，仿同舒展开来的海藻，曼妙无比。

在宁波，凡是带有腥味的水产，与咸齑搭配，必定鲜爽美味。比如稻田里捉来的田螺，肉质粗糙，泥腥味浓厚，普通烧煮，难成美味。但若与咸齑卤汁一道烹煮，一口吮吸，汤汁饱满，鲜香四溢，螺肉爽滑细腻，令人垂涎。

咸齑的味道，世代流淌在宁波人的味蕾里。它是顶顶重要的下饭菜。老人们常说，"三日不吃咸齑汤，脚骨酸汪汪"，再多的山珍海味，最终都败给了卑微的一碟咸齑。

咸齑就是腌制的雪里蕻。寒冬腊月收割下新鲜的雪里蕻，担到河埠头淘洗干净，一棵棵竖在墙角，白天接受阳光的暴晒，夜间收拢捂成一堆，任其轻微发酵。

数日之后，直至外边的菜叶微微泛黄，便可腌制了。那年时节，家家户户都有一口大水缸，几十斤乃至上百斤的雪里蕻，一层盐一层菜地码放起来，男人们穿上干净的胶筒鞋，站在缸里均匀踩压。随后压上山涧捡拾回来的大块鹅卵石，静待时间的造化。

约半周后，菜里渗出汁水，慢慢淹没了雪里蕻。此时必定要来一次翻缸，将缸里的雪里蕻重新取出，调换顺序再次层层码放。若是感觉菜汁稍淡，还需在翻缸时，一层层撒盐，最后重新压上鹅卵石。腌制半月之后，缸里的咸齑便可随取随吃了。

当年腌制的咸齑，起始色泽翠绿、口感鲜辣，随着时间的流淌，渐渐化作金黄，味道却是越发醇鲜。从缸内取出，挤干汁液，细细剁碎，淋上几滴香油，早晨用来佐泡饭，往往令人忘记它的使命，泡饭还在碗里，一碟咸齑早已见底。也有讲究的人家，拿冬笋的嫩尖与雪里蕻一起腌制，腌熟之后馈赠亲友，必定要被人惦记一年的好话。

咸齑可生食，也可烧汤。切成小段的咸齑，用荤油翻炒断生，与对半切开的土豆一道煮汤，入口清爽鲜香。若是油炒，先将肥肉切丝炸出油脂，一碟咸齑入锅，清香扑鼻。恰逢寒冬，再加点冬笋丝一道翻炒，取出一碟浇入汤水煮沸，投入几片手工年糕，便是至今仍让我那吃货媳妇抓了碗不肯放的美食——宁波咸齑年糕汤。

但更多，咸齑是拿来与海鱼一道烹煮，除了黄鱼，鲳鳊鱼、带鱼也是绝配，特别在逢年过节的一桌大鱼大肉之间，不亚于一道小清新的海风拂过。

旧时家家户户腌制咸齑，除了做菜、佐饭之外，多余的还可与切片的春笋一道煮制，一锅锅倒入扁筐，拿到日头下暴晒，待水分脱干后，便是享誉大江南北的梅干菜了。

咸齑每日与宁波人的饭桌相伴，腌制咸齑后沁出的卤汁，也不可浪费，大都用于做菜时的提鲜。宁波特产的小土豆，用咸齑卤一道，在柴火灶上烤煮至干，入口鲜咸，嚼之满口生鲜、劲道无比。尚有宁波的臭冬瓜、绍兴的臭豆腐，恪守传统的老师傅，依旧会用咸齑卤来配置卤水，更不用说家庭主妇日常烹煮海鲜，咸齑卤是必不可少的天然味精。

一方水土养一方人，故土的味道印刻在游子身体的每个细胞里。于他方之人，咸齑或许登不得大雅之堂，于我，却是魂牵梦萦的。细思之下，我们每到节日都那般匆忙地赶往故土，或许，就是为了赶赴与那一道家乡味道的邂逅。而我心心念念的，终究离不开那一碟咸齑的味道。